Short Story

中国新锐作家

校园文学经典

中国新锐作家校园文学经典
马强　总策划

缘于熟悉的土地，勤于笔触的潇洒游弋，道出让心灵颤栗的瞬间，温情脉脉的片段，为人处世的感悟与启迪，歌咏、怀念和反思，化作篇篇精彩华章，醒世奋进。

春日阳光

朱闻麟 / 著

中国社会出版社
国家一级出版社｜全国百佳图书出版单位

图书在版编目(CIP)数据

春日阳光 / 朱闻麟著. — 北京 : 中国社会出版社,
2012.1
(中国新锐作家校园文学经典)
ISBN 978-7-5087-3926-7

Ⅰ. ①春… Ⅱ. ①朱… Ⅲ. ①小小说-小说集-中国
-当代 Ⅳ. ①I247.8

中国版本图书馆 CIP 数据核字(2011)第 279360 号

丛 书 名:中国新锐作家校园文学经典
书　　名:春日阳光
著　　者:朱闻麟
责任编辑:陈　琛

出版发行:中国社会出版社　　　　邮政编码:100032
联系方式:北京市西城区二龙路甲 33 号新龙大厦
　　电　话:邮购部:(010)66081078
　　　　　销售部:(010)66080300　(010)66085300
　　　　　　　　(010)66083600
　　　　　传　真:(010)66051713　(010)66080880
网　　址:www.shcbs.com.cn
经　　销:各地新华书店

印刷装订:北京华创印务有限公司
开　　本:170mm×230mm　1/16
印　　张:14
字　　数:180 千字
印　　次:2016 年 1 月第 2 次印刷
定　　价:23.50 元

序

从小生活在江南水乡这片富饶的土地上，是清澈甘甜的阳澄湖水和浓浓的亲情伴我度过难忘的童年。流逝的只是短暂而显漫长的岁月，存在于记忆存储器上的东西已被它一次次无情抹着，只留淡淡的印痕。

柔柔的情丝一直牵着我，朴实的乡邻常在脑海中浮现。在这片水之故乡，在这个古老的水乡小镇，有着不少美丽的传说。“古之十景”传颂至今，其中有一景叫“湖泾春潮”。在充满诗情画意的湖泾河两岸，有着成片的桃树林，似雪花般飘动的桃花落入河中，随春水流动出一道道美丽的风景，多情的才子佳人就此触动心境。

微型小说名家凌鼎年先生曾说过，熟悉一方水土，熟悉一方民俗，等于为自己的创作打下了一口深井。我在感激与冲动之间，有了想写家乡的人们所演绎的一个个动人的故事，也就是我记忆中的湖泾村上所发生的事情。透过这些感人故事，让人看到了人间真情的流露，也看到改革开放在江南农村的身影。

在《县长喜欢水粉画》专辑中，以贴近时代、贴近生活、贴近百姓为出发点，通过一组抒情、浪漫的作品，让人感受到亲情、友情和爱情的重要。

在《那晚雁声声》专辑中，我以水乡古镇一个特定的村落为基点，以熟悉的风土人情和民俗民意及美丽传说为素材，用小说的笔触刻画和描写生活中每一个侧面，每个让心灵战栗的瞬间，每个激发向上的片段，可以说是乡情乡音的纪事。

在《意想不到的生日礼物》专辑中，以诙谐幽默和轻松写意的笔触，把生活中一些不和谐的音符或有违常规的事与物夸张地写了出来，让人在轻松一笑的同时有所感悟。

在《今夜电话铃响否》专辑中，以一组体现心灵感悟类的微型小说，给人一份感觉、一种心情，让人多一点超越现实后的解脱。

在《今天你将交好运》专辑中，以一组短小精悍的闪小说，给人以轻松愉快的同时，也是为人处世的一份很好的启示。

总之，由5辑121篇微型小说构成的《春日阳光》，是将独特的目光栽种在我自己熟悉的土地上，并能用勤奋的笔触潇洒游弋于其中。它既有对乡村生活的忆旧，又有对现代生活的感悟；既有对美好人生的歌咏和赞颂，又有对现代生活的反思。在欣赏这片热土盛产的果实的同时，也蓬勃生长出精神的硕果，全本读来当是一种幸福的享受，更是一份高尚的乐趣。

朱闻麟

2011年11月3日

目录

Cotentes

第一辑　县长喜欢水粉画

目录
Cotentes

目录

Cotentes

目录

Cotentes

目录
Cotentes

目录

Cotentes

第一辑

县长喜欢水粉画

县长喜欢水粉画

大善县是一半临海一半依山的县城，现任的方县长是从山那边的青山镇里走出的唯一的大学生。了解他的人都知道，他是个十分讲原则的人，“丁是丁，卯是卯”，工作起来从不讨价还价，这样的作风是有人欢喜有人怕。

按照县里的规定，每位领导都得挂钩一个乡镇，方县长就把青山镇作为自己的挂钩点，经常去联系指导工作。

有一天，方县长从青山镇回来后逢人就说，青山中学创作的水粉画真的很好看，是很不错的艺术品。方县长先是在自己的宿舍里挂了两幅，而后又在办公室里挂起了水粉画。

县长喜欢水粉画，受他的影响，机关大楼里就多了不少水粉画迷，他们不仅也在自己的办公室里挂起了画，有事没事还会议论一番，更有人直接提出来，要帮青山镇申报水粉画之乡。一时间是“洛阳纸贵”，县城里兴起了水粉画热，青山中学的水粉画也就值钱了，一幅尺把宽的画就要卖几十元，而且还供不应求。

就在整个县委大院兴起水粉画热的当口，一封举报信悄悄地飞向了市纪委。信上反映方县长利用职权，帮他老婆卖画，谋取不义之财。

接到举报后，经过市纪委的一番调查，还真是这么一回事。原来方县长爱人是个教师，在学校是教美术的，业余时间创作水粉画，作品多次在省级以上得奖。这次方县长借着挂钩指导，把老婆的手艺给推了出来。县长说好的东西，自然就是好东西，更何况还有这么一层关系，那些本不是用自己口袋里钱的人，也就不去考虑画的价格高低，买回来就往墙上挂，生怕县长看不到水粉画会生气。

市纪委领导还了解到，平日里，方县长夫妇很少在一起，他们一个在县城一个在镇上。为了更好地摸清事实真相，他们在县纪委负责人的陪同下，一行人来到了青山中学，找到了方县长的爱人李老师。李老师一听来意，把他们领到校长室，指着里面一只大大的铁箱子说，卖画的事都是由我经手的，但钱都在这里面，至于有多少，我们还没有清点过。

“那就清点一下吧，我们还得视数目多少来酌情处理这件事。”不想李老师脸上露出了难色说，现在怕是还不能点。“有什么不能点的，当着我们的面清点一下。”李老师站着不动，倒是县纪委的人急了，忙说你把钥匙给我，我来帮着数。不想李老师却说：“我只有一把钥匙，但不能给你。”市纪委的领导一听这话，心里就来了火，“把你们校长叫来！”就在这时，一个半老头风风火火地进了门，他说他就是校长，有什么事只管跟他说，“我让她把箱子打开，她不动，这里面一定有问题。”

一听要打开箱子，校长的脸上也露出了难色，说这箱子怕是一时半会打不开。说罢，他弯下腰，吃力地移开了盖在箱子上的铁板，却见箱子上面有个突起的方块，在它的四周挂满了小锁，方块的中间还有三把锁。看到这样的情景，市纪委的几个人愣住了，一时也弄不清是怎么一回事。

只听校长在那里解释道：“这个箱子还是老校长手里传下来的，那是我们的爱心助学箱，这中间的三把锁，两边的二把我和副校长各人一把，中间的是机动的。而四周的钥匙每个教师各有一把。因为这段时间李老师在负责画画卖钱，机动钥匙在她手上。你们也看到了，只有这三把锁一起打开后，钱才能从上面的缝隙里塞进去。箱子这么大，就是三把锁都打开了，你也不能把钱从中间取出来。”

“那怎么才能把钱取出呢?”市纪委的不解地问。“要取出中间的钱，必须把边上的所有小锁都打开了才行。”“那些钥匙在谁的手上呢?”“我们学校每个老师都有一把锁的，本来是能打开的，可有三个老师不在学校里。”“他们是家里有事还是生病了?”“也不是，他们三个……”校长刚想说，看到李老师在摇手，也就停了下来。纪委领导看到后，忙问李老师是怎么回事，李老师尴尬地说，这事不能说的，那是我们学校的秘密，要是让教育局知道了，后果将不堪设想。“没事，你们只管说，我们会保密的。”“是这样的，”校长松了口气说道，“他们被我派到外地去打工了，他们所教的课程由其他老师顶替，但工资照发，不过他们打工收入也将进这个箱子，这样就能增加一点积余。”

“在很早的时候，为了能让全镇的学生都能上得起学，当时学校想了不少方法，也向镇领导反映过、申请过，可现实情况明摆在那里，最后老校长就请人制作了这个箱子，只有到了每年开学前夕，所有的老师都到场后，这个箱子才会被打开，用这些钱为最贫困的学生交学杂费。这些年来，虽说我们的生活相对苦一点，可每年的入学率是全县最高的。”

李老师这时也说了，当年老方就是靠着这样的方法读完了初中、高中，成为一名大学生的。这卖画的事是我想出来的，我就想着用他的名气好多赚些钱，如果你们要处分的话就处分我吧。

听到校长和李老师一番话后，纪委领导感到心里热乎乎的，想不到一封举报信，会引出这样的事情来，回头再看校长室里挂着的水粉画，心里倍感亲切和谐。

菜花甲鱼

上体育课时，不知为什么，身体一直好好的小强，跑着跑着就昏倒在地。老师和同学把他送到医院一检查，发现他患上了“再生障碍性贫血”，也就是俗称的“血癌”。

医生告诉小强父亲大刚，小强的骨髓还没有发生病变，只是造血功能得到了抑制，必须马上用药物来激活。虽说药价很昂贵，一个疗程得二三十万元，但在钱与生命之间，大刚毫不犹豫地选择了生命。

一个星期后，小强的症状得到了改善，可用药后的身体明显弱了。医生说了，最好能吃些高蛋白的东西，如野生甲鱼、泥鳅之类的。泥鳅从没吃过，甲鱼却是小强的最爱。大刚急匆匆赶到市场，可找遍了水产区，有的只是人工养殖的，真正的野生甲鱼连影子也没有。问水产老板，老板说现在菜花刚黄，野生甲鱼还没有完全从冬眠中清醒过来呢，菜花甲鱼就像长江刀鱼一样，有名无货。大刚把儿子的情况与老板一说，老板很同情，说那你到阳澄湖边去碰碰运气吧。

大刚依着那人提供的线索来到了阳澄湖边。路两旁的油菜花是一片金黄，可大刚没了那份雅致，儿子还等着喝甲鱼汤呢。一路打听问讯，大刚终于找到了一个老渔民，说明了自己的来意后，老渔民说你来得正巧，昨晚正好捕到一只菜花甲鱼，我拿给你看。大刚一看是只八九两的甲鱼，不放心地问，是不是野生的，老渔民生气地说，我还会骗你，你看甲鱼的裙边就知道了，人工的这裙边是短而厚的，你看这甲鱼，裙边是又薄又长，这可是野生的最大特点，不瞒你说，这还是今春捕到的第一只甲鱼。

大刚花了一百元从老渔民手中把甲鱼买了下来，高兴地回了城。就在他拎着甲鱼要进小区时，有个穿制服肚子像孕妇的人看到了他手中的甲鱼，立马跑到他跟前，问是不是野生甲鱼。那当然，这可是正宗的菜花甲鱼。那人拉住大刚，说自己正想买只菜花甲鱼派大用场，能不能一千元卖给他。

大刚没想到对方会开出这么高的价，转转手就能赚九百，着实很划算，可一想到甲鱼是为儿子弄的，心里又不忍，“老板，你还是到别处去买吧。”那人一看不行，心里也急，“不瞒你说，我找遍了各大市场和酒楼，就是没能找到一只正宗的野生甲鱼，今个看到你也算是有缘了，这样吧，我再多出二百元，你看行不?”大刚这次是真的动心了，大不了浪费点时间再去趟阳澄湖，总能弄到一二只菜花甲鱼的。把甲鱼让给那人后，大刚只得又去阳澄湖觅菜花甲鱼。

大刚几乎问遍了整个湖区的所有渔民，也没能再弄到一只菜花甲鱼，到这时他才感到这甲鱼的名贵。没办法，他只得与渔民约定过两天再来看看，然后拖着疲惫的身体回医院，想跟儿子解释一下。

当他推开门时，却看到病房里围满了孩子，儿子正捧着一个保暖瓶津津有味地吃着什么。看到他进来，兴奋地说是同学送来了菜花甲鱼，真的太鲜美了。看到儿子开心的样子，大刚也高兴，忙问是谁送的，儿子指了指身边的一个同学。那男孩脸一红，不好意思地说，是父亲的同事送的，“你父亲是做什么的?”“他父亲是税务局局长，权大着呢。”边上有同学不无羡慕地说道。“是别人送给我爸的，听说还是花大价钱从人家手中转买来的。”

听到税务局，大刚心头一惊，今个儿自己遇上的正是穿制服的，忙问是在什么地方，男孩说像是在富康小区门口。

到这时，大刚是心知肚明，说能不能见一见那个送甲鱼给你父亲的人。男孩说这好办，打个电话他就会来的。没过一刻钟，就有个男人出现在病房门口，大刚一眼就认出是那个买甲鱼的，忙上前拉住他的手，“真是不好意思，我太贪心了，钱马上退给你。”说罢就要掏钱，那人看到局长公子也在，愣了一愣，“我真的不知道是您，请你大人不计小人过，这钱你还是留着吧，就当是我赔不是了。”说罢像逃似的溜走了。

没过多久，局长也来了，他说专门来看看儿子的同学，大刚很是感动，局长说：“不瞒你说，那天儿子回家，说班长生重病住院了，听人说这种病需要补充高蛋白食物的，最好是野生甲鱼，随后就缠着我一定要买个甲鱼表表心意。我自然想帮这个忙的，本想自己去买的，可是菜花甲鱼实在是太难觅了，我就差没到报社电台去登广告了，最后不得已才想了个臭招，发动了群众的力量，不过你放心，我是付过钱的。”“太谢谢了，想不到菜花甲鱼转了圈又回来了。”大刚激动地说道。

“从现在开始，我们一起行动，去找菜花甲鱼，让小强早日好起来，我们不能没有班长。”有同学在边上提议道。

看着有这样的好心人在帮助自己，也看到孩子们真挚的目光，大刚流下了激动的泪花。

十佳青年

湖泾村支部大会已临近尾声了，最后一道程序是要求每一个党员都捐献一份爱心，支援山区的失学孩子。张书记首先从口袋里摸出了皮夹，从中抽出一张百元大钞，把它放到了募捐箱中，接连着每个委员也同样捐了一百元，等整个支部都捐好后，全体党员也逐个捐了，整个会场上只有志强还坐在椅子上没起身。

志强心里知道，自已口袋里连一毛钱都没有，不用说捐了，就是自己买颗糖也不能。就在志强傻坐时，张书记开口了："志强，该你了。""我，我，我身上没有钱。"身边几个知他底细的开玩笑说："志强，你老婆昨天又进行大扫荡了。""志强，我要是你啊！干脆偷了家里的存折给捐了，也让你老婆知道你的厉害。"志强这时像只经霜的茄子，彻底的萎了。

当张书记再次问志强时，志强憋足了一口气："张书记，我资助一个失学孩子上完初中。"张书记和大伙都怔了，要知道一个学生一学期就得三四百元，而要上完初中那没有七八千元是不行的，于是张书记耐心地说："志强，你有这样的决心是好的，可钱你到哪儿去弄呢?"志强听出了弦外之音，但一股不认输的阳刚之气冲上了头脑，什么也不怕了，"张书记，我保证说到做到。"随即，冲出了会议室。

入夜，志强再也睡不着了，左一个翻身右一个翻身，吵得老婆也睡不着了，捏了志强大腿一把，狠狠地说："杀千刀，不困滚出去!"志强本打算和老婆商量白天的事，但一看这架势，心想说了也没用，说不定还会被臭骂一通，只得乖乖地穿上衣服下了床。

志强坐在写字台边想了很久也没一个准主意，外面传来电视中的武打声音，听到这个声音，志强一下子站了起来，把椅子给碰了个四脚朝天，"嘭"

的一声把在睡梦中的老婆给吵醒了，骂骂咧咧声又传了出来，志强嘴里赔着错，心里却是兴奋极了。

第二天，志强上班后找到要好的铁哥们，要他们帮着找一间门面房，准备开电视机维修部，利用晚上时间帮着修电视，以此来实现自已的诺言。

于是，在大伙的帮助下，志强的维修部秘密开张了，由于志强精通电视机原理和维修，来找他修理的人络绎不绝，生意也日益红火，开张一个星期就赚了三百多元钱。

第二天，志强将三百多元钱交给张书记时，张书记露出怀疑的目光问志强："你这钱是从哪儿来的？"志强不敢在张书记面前说谎，一五一十的都讲了。张书记听了一个劲地赞扬志强是个好青年。

可事情并不一帆风顺，自从志强经营起了维修部后，开始一直骗老婆是加班，但时间一长就麻烦了。一天，志强老婆有意到志强厂边等志强下班，尾随着志强到门市部，志强老婆一看，志强居然瞒着自已在外开店，想一下子发作，但转而一想不行，等到家后再说。

当时钟敲响十一下的时候，志强拖着疲倦的身躯开了门，一看老婆还坐在客厅里，心里不禁发毛，"你还没睡啊？""我等你，你给我过来，"志强只得乖乖地走到老婆面前，"你告诉我，你今天到哪儿去了？""我厂里加班。""加班，加个屁，我跟着你了。"志强一看要露馅，人也软了，傻站也不开腔，志强老婆却把手伸了出来，"钱呢？""钱，我没有啊。""开了个门市部还敢说没钱，看我不搜出来。"随即把手伸进了志强的口袋，当她将钱要塞进自已口袋的一瞬间，志强条件反射似的冲上前去，夺过了那些钱。老婆被他这一举动给惊住了，一会儿才醒过神来，连骂带打地问："杀千刀，你抢钞票干啥？"志强知道今晚不说是过不了关了，只得将开党员会上的事情都倒了出来，并把如何开门市部的经过也说了一遍。

一向很凶的老婆默默地听着志强的话，爱惜地说，"志强，那你多当心身体，钱若不够可以从家里拿。"志强没料到老婆会如此通情达理，激动地抱起老婆转了几圈。

从此后，志强的门市部里又多了一个帮手，志强也从资助一个失学孩子发展到资助九个失学孩子。同年，志强被评为市"十佳青年"。

一包大闸蟹

老王所在企业宣布破产，为此工作了近三十年的老王下了岗。原本一直认为自己捧着铁饭碗，现在却只能靠着领失业金过日子。工作不是没有找过，可这么多年来，也没学到多少技术，只会按着程序做些简单的工序，加上年龄也大了些，所以很难找到。

年前时，老城区改造，老王从住了半辈子的简易房搬到了宽敞的动迁房里，当时心里别提有多高兴了，可现在却感到很吃力。开门七件事，样样都要钞票，而且儿子已在读高中了，可收入就那么一点点，只能靠吃老本过日子。过了年关，那二百多元的失业金也将没有了，有句老话说得好："坐吃山空"，老王的头发都愁白了。

这天，老王一人在家，突然听到了敲门声，开门一看不认识，对方说自己是对门的乡下亲戚，他家没人，把这些东西寄在老王家，等晚上给送过去。举手之劳的事情，自然就答应了，老王把东西放好后就出门去，想再碰碰运气，看能不能找到工作。

近晚时分，当老王打开家门时，一股香味扑鼻而来，儿子看到他更是兴奋地喊老爸万岁。老王是丈二和尚摸不着头，忙问是怎么一回事。妻子反问他，今天一定有什么好事，不然你不会去买大闸蟹的。提到大闸蟹，老王心里就内疚，儿子已不止一次求过他，想吃大闸蟹，可他怎么也舍不得，一个像样的蟹就得三四十元，真的承受不了。只是自己并没有买，怎么会呢，突然老王想起来，大叫一声"坏了!"，忙奔向人家寄放东西的桌边，可只看到一个空空的蒲包，再奔进厨房，一只只金黄色的大闸蟹正整齐地叠在盆子里，当即就拿妻子开了火，儿子不懂事，你总该问问啊！那可是对门邻居家的，现在如何是好。

妻子一听也急了，儿子也没了高兴劲，现在已是活蟹变成了熟蟹了，怎么办呢？妻子说事到如今，就把熟蟹送过去，把情况说明了，看人家能不能谅解。老王想想也只能如此了，于是两人托着盆子去敲邻居的门。

邻居女主人打开门，一看到那盆火红的大闸蟹，当即尖叫一声，呼的一声把门关上了。老王夫妻被搁在门外，感到稀里糊涂的。再敲门，这次开门的是男主人，老王怕还会被关在门外，忙一脚跨在门里，正想说明情况，不想男主人满脸火气地说："你们这是干什么，事前也不先说一声，送什么不好，你们可知道，我老婆看到这东西会过敏，存心来害我，今晚是不太平了。"老王尴尬地说，我也不知道会这样的，只是这蟹是你家一个乡下亲戚送的，我们不小心把它做成熟的。"这不可能，我家没有什么乡下亲戚，你给我拿回去！"把老王推出去关上了门。

受了一肚子气后回到家，怎么也想不通，做好事会做来了气恼，心里的气就出在蟹上。正想把它掷了，老婆却说，他们不要，我们干脆把它吃了，解解气，老王想想也对，就对儿子说吃吧吃吧。看着老婆儿子欢天喜地吃蟹的模样，老王就是乐不起来。

第二天，邻居来敲他的门，说老婆被你们吓出了病，现在进了医院，你们得负责任。嘿！正是麻烦事。老王没好气地问怎样负责，对方说自家有个门面，原本是老婆看管的，现在变得没人了，在这期间你得去看管。老王想自己反正也没工作，看在那盆蟹的面上就去看看吧，就当是自己出钱买的。于是，那男人就带着老王到了那门面前，却是个水果摊点。男人一一介绍了各种水果的进价和市场后就走了，只留下老王一人在那经营。

几天下来，老王忽然感到，这小小的水果摊原来也是商机无限。巧的时候，一天的收入比自己低保金还多。回家与老婆一说，老婆就数落他，自己不是老早说过租个门面做做小生意，你就是"前怕狼后怕虎"的。老王说，等邻居女主人病好后，我们也去弄个门面。

一夜无事，第二天一早，邻居夫妻一同找上了门，老王妻子对他们不要说有多热情了，又是让座又是倒茶，像是见到了大恩人一样。看到他们的亲热劲，老王是一头的雾水，看到女邻居好好的样子，老王主动把钥匙和钱袋子递了上去。那女的却说，不用给我，这些东西本来就是你家的，我只不过是做做戏而已。

这下，老王更是莫名其妙了，再看三人，他们都在笑，老婆笑得更是开怀。老王忙走到老婆边上问怎么回事。老婆没说，倒是男邻居开了口，老王，我们住在一起这些日子，你是忙着找工作，也不知我俩是做什么的吧。告诉你，我们都在文化馆工作。前些日子，你爱人来找我们，把你的情况给说了，近半百的人找工作确是不易，即便找到了工作，工资也不会高的，所以你爱人一直希望你能租个门面弄个摊点，她看你一直下不了决心，就请我们帮着合演一台戏。那包大闸蟹本是你爱人买的，让我的同事给送到你手里，三下两下地就让你进入了角色，经营起了自己的水果摊。

到这时，老王才明白过来，激动地握着邻居的手，久久不放。

蚕豆戒指

融入到田野中，我又享受到这广袤原野所带来的舒畅，大口大口地吸着乡间青草香。在极目远眺后，眼光最终降落在一簇簇的蚕豆叶上。已是立夏节气，那高高的蚕豆枝上挂满了如手指般的豆荚，久违似的在向我招手。

一结豆荚随即进了我的手心，青青的蚕子还很嫩，我小心翼翼地用指甲沿着蚕豆的边缘轻轻地掐了一圈，把一样嫩嫩的蚕瓣给挖了出来，一只小巧的翡翠戒指套在了指上，我知道它很娇嫩，也很脆弱，就像我与芬的爱情一样，只是一个难圆的梦。

邻居的芬是后我一年来到这个世界上的，从小她就比我活泼开朗。在她的面前，我一点男子汉大丈夫的威风也没有，只是整天乐颠颠地跟在她的屁股后面跑，当起了跟屁虫。

很小的时候，大人们就这样说我们，看这两口子，整日疯疯颠颠的。芬也不脸红，大人问她谁是她老公，她总是干脆利落地说是我，这一点我却做不到，等我在尴尬中想着答案时，大人们已都笑了出来，说我倒像是个女孩子。

阳春三月里，我们自然要到田野里去疯跑，身上沾满了金黄的油菜花粉。在这满眼的金黄里，我们会仔细寻觅豆耳朵和采摘那绿色的蚕豆，把它们放到田埂上，比谁采得多。虽然没有一点博彩的意识，但谁都想自己能多一些。

蚕豆在一天天成熟，我与芬也在一天天长大。当有一天，我们又一次来到这片蚕豆地时，我选了一颗最大的豆子，为她做了有生以来第一枚戒指，轻轻地为她戴上，也在那一刻，我们私订了终身。只是令人遗憾的是，我的那枚蚕豆戒指在游戏中给弄断了，这或多或少给我们的爱情蒙上了阴影。

事实确实如此，当芬出落得像朵牡丹花时，她被父母许配给了邻村的一个壮小伙，芬来征求过我的意见，我没有说话，眼睁睁地看着她含泪离我而去。

芬成亲的那天，我正在外面读书，或许这样会让我们都好受些。

芬的生活并没有因为我的离去而改变，她是个有主见的女孩，日子过得很不错，只是看到这青翠的蚕豆戒指，心里总有一种说不出的滋味，我们可是青梅竹马的一对子，想必蚕豆戒指只是一场游戏而已。

新娘走上门

阿玉的婚事定在元旦，日盼夜盼，大喜的日子终于盼来了。一切顺利，就是天公不作美，前一天风是风来雪是雪的，气温也下降了许多，路上结了厚厚一层冰雪，给开车走路带来不少的麻烦。不管怎样，阿玉的婚事还是如期进行，村里也就热闹起来。

婚礼是在新老法相结合的情况下进行的，一辆被鲜花和彩带装饰过的帕萨特轿车代替了传统的花轿，阿玉带着对美好生活的憧憬上了路。

上车时，老人就一个劲地叮嘱司机，无论发生什么事，都不能停车、调头，谁破了规矩谁就过不上好日子，阿玉自然也记在心上。

小车出村后顺利上了路，新车的优势在这样的环境下显露无疑，轮胎在冰雪上一点也没有打滑现象。就这样走了没三里，只见道中间站着一个人，那人一看是婚车，犹豫地用手打着招呼。司机减慢车速，放下车窗问什么事，那人扶着车窗边跑边说，自己媳妇马上就要生了，可车在上桥时打滑撞上了护栏走不动了。司机为难了，要是在平日里，做个好事也是应该的，可现在却是身不由己，只得把头转向边上的阿玉。阿玉自然也听到了，见司机看她，忙闭上眼睛装睡。新郎一看，马上叫“停车”，没等阿玉说话就把她拉下了车，自个儿跑到坏车前，与那男人一起把孕妇扶进了自己的婚车开走了。

虽说婚车没过多久就回来了，可阿玉却不干了，任由新郎好话说尽，就是不愿上车，说车让孕妇坐过了，有霉气，除非另换辆车来接。新郎没法，只得打电话向家里求救，然而冰天雪地的要叫辆车也不是件容易的事。就这样僵持了一会，新郎一看四周没人，想来个霸王硬上弓，一把拉住阿玉要她上车，阿玉坚决不肯，最后居然一屁股坐到了冰雪上大哭起来。看着时间不早了，新郎一赌气，说了声“你不走我走”，独自上车走了。

阿玉一看车开走了，从地上爬起来，向自家方向跑去。女方家亲戚正喝着喜酒，不想看到新娘一身泥水地跑回来，忙问发生了什么事，阿玉哭哭啼啼地一说，大家才知道发生了什么，有怪新郎不懂事的，也有怪阿玉不该耍脾气的。不管怎样闹腾，喜事还得办下去。阿玉的父亲一个电话打到男家，让他们派车来接新娘，母亲也劝女儿重新换上新装。然而，男方那边却说，不用派车子了，新娘已经自己来了，现在正准备进行仪式呢。

阿玉父亲一听不对劲，女儿明明还在身边，那边怎么会冒出一个新娘来了，忙叫来阿玉，把事情大体一说，可把阿玉吓了一跳。虽说在法律上已承认了自己的合法地位，可在乡村，大家还是以传统婚事为依据的，只有办过喜事，人家才会承认。不行，必须抢在那个新娘之前才行，阿玉也顾不得什么好看不好看了，骑上一辆摩托车就向男家而去。

就在她将到时，男家响起了一长串的爆竹声，迎亲的队伍排在门口，新郎也是毕恭毕敬地立在那儿，再看新郎的身边，只见自己的孪生姐妹阿艳站在那里，心里立马知道是怎么一回事了。

阿艳看到姐姐来了，忙奔上前来，拉住阿玉的手说："姐姐，你终于来了，要是你再不来，我可就对不起李强了。"阿玉知道，李强是阿艳的心上人。阿玉只得苦笑说"你让我的面子都丢光了。""还好啦，大家都知道你为了救人，把新衣都弄脏了，所以才回去换身衣服嘛，姐姐穿上这身衣服就是好看！"新郎此时也上来了，拉着另一只手，轻轻地说了声"对不起。"阿玉红着脸低下了头。这时，远处又有人抱着一大把鲜花奔过来，一看却是那个拦车的男人，他边献花边祝贺，还说老婆顺利地生了个八斤重的胖小子，大伙一听都乐开了怀。

那天好大的风雨

人脑毕竟比不得电脑，打开记忆存贮器，不少已是朦胧。大凡到了一定的年龄，人脑存贮记忆的能力也就到了尽头，记住了当前发生的事，就丢弃了过去的经历。那“一朝被蛇咬，十年怕井绳”的回忆只是人生中的一个典型的事例，那也只能记住十年，十年过后可就另当别论了。说归说，在我的记忆中，却有一件事深深地印在脑海里，时时让我回味。

那时，我刚参加工作，初离校园踏上社会时的心情是喜悦的，放下书包感觉是一身轻。工作单位离家较远，每天得过村边的渡口才能到达单位。

那天清晨出门时，天气还是十分地晴好，一点也没有预兆天气会变得很糟。到午后，老天仿佛是发了怒，说翻脸就翻脸，又是狂风又是大雨。下班时，我一下子失去了主见，只能在过道上来回走动，盼望着天公作美，好利用它到达家中。然而，风雨似一个任性的孩子，就是止不住流泪的势头，一切美好的想象化为了泡影。

时间一分一秒地在过去，天空开始蒙上了灰色，一种失落感涌上心头，今夜我成了真正的流浪汉。

正当我一筹莫展之时，一个熟悉的身影进入了我的眼帘，父亲冒着风雨为我送来了雨披。父亲告诉我，他摇的小船就等在渡口。我随父亲一起骑车到达渡口，父亲替我把自行车搬上了船。迎着风浪，父亲吃力地摇着小船，他的脸上已满上水珠，也分不清哪是雨水哪是汗水。小船终于在风浪中慢慢地靠近了彼岸，父亲此时也已筋疲力尽，看来小船是无法再摇回村了，父亲只得把它揽在一棵大树上，我俩安全地回到了家。

父亲那时才四十刚出头，为了他的儿子，他被雨水淋了个透，也把精力都耗尽了。第二天，好强的父亲终于病倒了，我还是照常上着班，因为父亲说过他会没事的。

确实如此，父亲在这后的十余年，一直想着他的家，想着他的儿子。虽然我已过了而立之年，但在他的眼里，我依然是个长不大的孩子，依然需要他的帮助。

今天，我在无意中看到了父亲那满头的黑发中，已多出了一丝白色，父亲真的开始变老了，自然的力量是无法抗拒的。父亲，你的儿子已经长大，你可以放心了，今后的二十年、三十年，或许更长的时间里，你该享受一下生活的乐趣，领略人生的真谛。儿子打心底里为你祝福，好人一生平安。

请微笑着面对你的顾客

那年，我走出学校大门后，就随着南下的大军来到了南方大都市，本以为像我这样的人一定能找到一个很不错的工作，然后是大把大把地赚钱。可事实却非如此，经过一段时间的苦找后，我还是没能找到工作，随身所带的钱倒是用得差不多了，好多次我想打电话回家求助，可当走近电话亭时，手却怎么也伸不出去。在家乡，村上的爷爷奶奶叔叔阿姨们都知道，我是个聪明的孩子，也是个有出息的人，这次出门时，大家都对我抱着很高的期望，只等我有了个好的归宿后，把全村的青年人都带出去淘金。

电话是不能打的，可生活还得过啊。那天，我无助地徘徊在大街上，眼前突然一亮，看到墙角处盘坐着一个人。他的前面有一个小小的搪瓷盆，盆里有一些角钞。在这举目无亲的地方，无论我做什么事情，家乡的亲人都不会知道的，我何不也来试一下，于是我充分发挥自己的聪明才智，找来一张白纸，在上面工工整整地写下了我的经历，说我是个大二的学生，因家里突遭灾难，父母双双而亡，为了能继续学业，只能求助于社会各界，还请好心人帮助的话语。当然这一切都不是真的，直到今天，我的父母还健健康康地活在这个人世间。

第二天，我带着纸和一个准备好的搪瓷盆来到了菜场边，找了个人们必须走过的地方，把纸给展开了，自个儿就双膝跪在纸前。毕竟是丢脸面的事情，所以我把头低得将近碰到了路面。人们看到纸后就会停下来看上一会，有同情的，也有说是假冒骗人的，还有称赞字写得好的，但无论如何，还是有很多热心人向我伸出了援助之手，把一毛二毛甚至五块十块的钱投进搪瓷盆里。

一天下来，我带着满满一盆的钱回到暂住地，心情是无比激动，数钱的感觉是那样的带劲，困惑我的工作问题就这样解决了，我为自己的小聪明叫好。就这样，我每天带着那些工具去“上班”，这个地方给的人少了就换个地方，毕竟是大都市，我的经营一点风险也没有。

那一天，我带着一天的成果收工回家，在整理钞票时，突然发现其中一张夹着个纸条，我好奇地打开一看，只见上面写着：“请抬起头微笑着面对你的顾客”看到它，我的脸一下子红了。在以前很多的日子里，不要说是那些行人，就是我自己也这样认为，我是靠着骗取别人的善良和同情心来谋取钱财的，今天第一次看到有人把我的这个行为视作是在做生意，看着眼前一大堆的零钱，也看着那张纸条，我为自己以前所做的事感到羞愧。经过一晚的思想矛盾后，我终于下定了决心，再也不干这样的事情了。

第二天一大早，我就来到小商品市场，批发了不少小玩具，然后带着那张纸来到了昨天待过的地方，把纸铺在地上，再把那些小玩具放在上面，第一次笑着面对走过摊前的每一个人。也不知是纸的作用还是小玩具着实吸引人的眼球，生意很快就开了张。这一天，我终于直起了自己的身体，做了个堂堂正正的人。一天下来，虽说收入没以前高，但心里踏实了。

在以后的日子里，我慢慢地掌握了行情，也知道了哪些商品受欢迎，心里就有了想做大生意的念头，于是回了趟老家，发动了村上的小青年，让他们根据我提供的样品，用草和树藤编织成各类玩具，他们无论编多少我都收。当我把这些草与藤编的玩具带回市场后，一下子被抢购一空，信心倍增。

从此，我在家乡政府的帮助下，开办了一个小玩具厂，收了一些村里的青年，也把很多编织任务发到全村的年轻人手里。从原来的走出去，到后来客户自己上门来下订单，生意是异常的红火，在自己先富起来的同时，真正让大家在自家门口淘到了金。

现在，我坐在舒适的老板椅上，时常会想起那张纸条，那句让我受益一生的话，“请微笑着面对你的顾客”。

蟹王蟹后

志强与志明是阳澄湖边一对好朋友，从小在一起做游戏和一同上学。高中毕业都没有考上大学，于是双双回到了村里，承包了鱼塘养起了青虾。九十年代后，眼看着阳澄湖大闸蟹是名声一天天大起来，两人又先后养起了大闸蟹，慢慢地成为方圆百里小有名声的大闸蟹专家了。

毕竟是从小到大的朋友，平日里就常常走动交流交流经验，也经常为别的养殖户提供信息和传授一些自己摸索出来的经验，在湖畔享有很高的声誉，为此两人还被评为致富标兵，受到市里的表彰。

三年前，为了能打响阳澄湖旅游品牌和做足蟹文化这篇文章，镇里举办起了阳澄湖蟹文化节。在文化节上有一项十分重要，也是吸引人的项目，那就是蟹王蟹后的评比。评比规定，在阳澄湖边养殖大闸蟹的人家不论是谁，都得参加比赛，比赛那天把自家最大的大闸蟹带到比赛现场，在公证处的监督下，由评委用电子秤逐一过秤，选出当年最大的雄蟹评为蟹王，最大的雌蟹则为蟹后，而后公开拍卖，谁出的钱最多谁就拥有了蟹王蟹后。

自从有了这个比赛后，志强与志明就暗暗较上了劲。志强为了能让自己的蟹独领风骚，特地到上海各大新华书店和网上找相关的资料，细心钻研，还真起到了作用，不但所养的蟹个头都比上年大了一个规格，收入翻了一番，还有一只雄蟹击倒了众多的竞争者，成为了首位蟹王；志明也没空下来，你用书上的知识，我就去请专家。他请来了南京的专家进行临场指导，蟹的质量也是上了一个台阶，虽说雄蟹比志强略逊一筹，但雌蟹却高出志强一头，理所当然地成为了蟹后。在以后两年里，志强的雄蟹一直是胜过志明，而志明的雌蟹也一直比志强的过硬，所以三年来，两人年年卫冕蟹王蟹后。

今年在放养小蟹时，志强就特地在雌蟹上把了关，想把王后两块牌子一起拿下。志明也不示弱，也想包揽两奖。看着塘里的蟹一天天长大，两人的脸上是常带着笑容，志强说今年你没戏了，志明说没戏的是你，于是都会心一笑。

金秋十月，又迎来了蟹文化节。志强与志明早早地就准备开了，经过精心挑选，都选出自己塘中最大的一对蟹，就等着评选时一鸣惊人。

终于到了最激动人心的时刻，随着主持人的那句蟹王蟹后评选现在开始的话语，养殖户们纷纷把自家的一对大蟹送到评委处，由评委秤出重量后记录在案。整个场面是既热闹又有条不紊。

临近尾声时，评委看了一下表格问道，林志民来了没有，快把蟹拿上来过秤。问了两遍都没有回音。这时嬉笑着的人们都没了声响，评委一问才知，林志民在八月中旬时出车祸过了世，家里只有即将上大学的儿子林峰和他爷爷奶奶了。本来是靠着志民养蟹维持生活的，由于责任在他那边，所以落了个人财两空，就连林峰上学的钱也没了着落。

就在人们为林家婉惜的时候，林峰光着脚兴匆匆地赶到了现场，把一对硕大无比的大闸蟹送了上来。一过秤，雄蟹 385 克，雌蟹 345 克。评委一看，比志强送上来的雄蟹高出了 20 多克，比志明的雌蟹也高出了近 30 克，当即宣布蟹王蟹后的得主为林峰。

随后的拍卖也是异常的激烈，因为一方面是这对蟹是四年来最重的，另一方面是它的拥有人是个名不见经传的。开价从一万起，一直上升到五万，这时叫价的也只有为数不多的几个。这时志强走到志明的身边说，我们哥俩要不要也算一份，把蟹给拍下来，也好研究研究。志明正有此意，当即加入了拍卖的行列，当标的到十万时，大家放弃了。

志强与志明得到那对蟹王蟹后，两人并没有直接回家，而是进了湖边的一家酒店，点了几个菜对脚板喝起了酒，随着酒兴的上来，志强说，“兄弟你厉害，看你拿到蟹时的眼光，我就猜到那雌蟹是你的，你是用什么方法的，能告诉大哥吗?”“嘿，也没什么，还是你有本事，年年养出蟹王来，我看到林家那小子乐癫癫上来，就知道怎么一回事了，我们彼此彼此，对吧?”“当然当然，都几十年了，谁还不知道谁啊！只是这十万不知够不够那小子读完大学?”“我想可以了吧。”“我看也是，不过也没什么，我们不是还在养吗?到时还能这样。”“那我们说定了，只是明年的蟹王蟹后我们还得较量一下。”“好，一言为定!”

酒店的老板不明白，去年的蟹王蟹后丢掉了王冠后会这么高兴的，这事只有志强志明最清楚了。前天晚上他们做了同一件事，那就是把自家最大的一对做了暗号的蟹放进了林志民的塘里。

爱心麻将

晚上九点多，随着一阵警报声，一辆警车驶进了教师住宅区，干警迅速地冲向群众举报地点，把四个正在搓麻将的赌徒给抓个正着。当警察把四人押上车时，人家才发现，原来是赵岱、徐宏、郭仁、殷烨四位老师。

赵岱是学校的教导主任，曾先后多次被评为教育先进工作者，还被市政府记过三等功；徐宏、郭仁是两个重点班的班主任，今年他们所在的班将面临高考；殷烨是一位将近退休的老教师，平时他对教育工作是兢兢业业，生活也是相当的朴素。在人家的记忆中，他并无搓麻将赌博的记录，就是香烟他也从没抽过一支。这样的四个人因赌博被抓，着实使全校的师生感到吃惊。

丑事传得快，当晚，整个住宅区就都知道了这件事，于是大伙纷纷议论开来，有的开始找他们身上的缺点。确实，一个人到这个世界上，总有这样那样的缺点，于是缺点很快归纳了起来：身为教导主任的赵岱，他平时只注意教育别人，却忽视了自身教育；徐宏、郭仁作为年轻教师，没抵住社会上的坏风气，小青年不求上进，走上了用赌博消磨大好时光的社会恶习；最让人们痛心的是，殷烨到今年十月份就光荣退休了，现在晚节不保。

人们议论归议论，校长却着急了。没了教导主任，自己还能应付过去，但那两个重点班的教育却一刻都不能放松。于是当警车开走后，校长就开始忙乎了，他也不顾老伴的劝说，立马动身到公安局去求情，请求放人。

当他骑着老坦克到公安局一问才知，四个人都承认自己是在赌博，而且每人的口袋中都有七八百元钱。到这地步，校长也无话可说，只求公安干警能早日放他们出来，并再三强调学校少不得这四个老师。干警没有答应校长的请求，他们把有关法规拿给校长看，并对照上面的条款告诉校长，他们四人将受到行政拘留十天的处分，校长无奈地回了家。

第二天早上，校长正为如何安排两个重点班的代课老师着急时，一辆警车开进了校门，四位老师先后下了车。虽说他们的衣服有些不整，但从他们的神色中能看出他们很兴奋。一位肩上有三条杠两颗星的警察领着四位老师向办公室走来，校长快步迎了上去。校长不明白，昨晚明明是说要关上十天的，待了一晚后又出来了，而且像抓去时一样，还是警车把他们送了回来。

那三杠二星的干警看着发呆的校长，先自我介绍起来，原来他是公安局的副局长，这次是来赔理道歉的。昨晚干警们不了解情况，错抓了人。校长听了更是“丈二和尚摸不着头”。

原来，赵岱、徐宏、郭仁、殷烨四位老师搓麻将只是一种掩护手法，他们想用输钱的方法实现自己的心愿。于是徐宏就提出了这个想法，不想正当他们在实施时，却被请进了公安局。因为四人的计划没人知晓，因此在公安局中，四人只得承认了赌博行为。

然而，事情却非像四人想象的那么糟。昨天，他们正秘密商谈时，却不想隔墙有耳。与徐宏、郭仁同办公室的张瑞恩那时正好在上课，巧的是，他的小录音机忘了关。张瑞恩是教语文的，他在教新课时有个习惯，那就是要把自己声情并茂的诵读录下来，上课时放给同学听。当时他正准备录课文，由于办公室有人，杂声使他刚开了个头就停止了，但他却忘了关机，于是，四人的计划也就录了进去。

当天晚上，张瑞恩把录音机带回了家，本想在家里把课文录下来的，但当他按下录音键后，却发现磁带到了头。张瑞恩不明白是怎么回事，把带子倒到头一放才知其中原委。所以当事情发生后，他也去了公安局，只是他比校长晚到了一些。他把此录音放了一遍后，值班干警很重视，把此情况报告了副局长。本来，四人当晚就能回家的，但副局长考虑到抓人时已产生了影响，所以和四位老师商量后决定第二天直接送到学校。

原来，今年的特大洪灾牵动了四位老师的心，他们想捐款但又怕自己的老婆不同意。虽说他们是四个大老爷们，但却一式是“妻管严”。可巧的是，四人同住一楼面上。昨天领到工资后，他们就走到一起商量对策，怎样过老婆关。赌博输钱那是最有效的办法，把工资输掉了，老婆也只能骂骂而已。本来四人想通过一夜苦战，第二天通过邮局把钱汇给慈善总会的，不想刚开了个头就被人举报了。

校长了解情况后，先是感谢公安领导，而后把四人带进了自己办公室，也不知是批评还是表扬，四人出来时表情都不太好。更使他们难堪的是，那天晚上四人所在的楼面的灯光几乎亮了一夜。

第二天，四人虽脸带倦意，但都兴奋地聚在一起，不约而同地从口袋里掏出了当月的工资给捐了。原来相处多年的老婆子不只是“母夜叉”，她们也都有一颗善良的爱心。只是，徐宏在事后还时时后怕，他也不敢告诉那三位，其实那晚的举报电话是他老婆的杰作。

疯胡子

早年时，疯胡子整天在开满了店铺的老街上晃荡，跑累后就在屋檐下找个角落，不管地上干净不干净是躺下后就呼呼大睡。看惯了他这个样子，大家也是见怪不怪。

疯胡子一年四季穿着同一件破棉袄，整天晃着沾满柴草和棉絮的长发，在老街上转悠，嘴里一天到晚不停地说话，偶尔的也会捡拾别人抽过的香烟屁股抽几口过过瘾。让人放心的是，疯胡子从不打人骂人摔东西，只是整天唠唠叨叨，所以街坊邻居也不讨厌他，大家还自发地轮流着为他送上一日三餐，不至于让他饿肚子。街上的一群小孩子总是欢喜跟在他的身后，学他那些滑稽的表情，还会围在周边，听他的无休止的演讲。在围观的人中，也有乡下赶集的，听过后都说疯胡子说的话蛮有哲理性。

突然有一天，走累了的疯胡子进了一家门店，爬上柜台就睡。知道是个疯子，服务员也没敢去吵他，想等他睡醒后自然就会走的。可让人意想不到的是，从此疯胡子就把那里当成了自己的家。

有个疯子挡在那里，生意自然就做不成了，拥有店面的商业公司向镇上反映后，镇领导说了，疯子本来就没有一个安身的场所，既然你们做不成生意了，那就腾出来让给他住算了。公司领导没想到会是这样的结果，想想都是集体的资产也无所谓，于是乘着疯胡子外出的当口，把里面的东西都给抢了出来，还按政府的要求，帮疯子加了床铺。从此，疯胡子有了安身之处。

有次，他晃晃悠悠走进了中学里，在一排黑板报前突然站住了。看了好一会也说了好一会，突然拿起黑板框里的粉笔，在上面工工整整地写了起来，“战斗前进战斗前进……”写了满满一黑板。

那字写得太好了，就是学校中写字最好的老师也写不出如此铁划银钩的漂亮字，老师和学生看了后，谁也舍不得擦去，于是在校长的默许下，那一黑板字保留了很长一段时间，只可惜有一次下大雨，把字给冲淡了。看到这个情景，有位老师自告奋勇把字描浓了些，但却失去了原有的韵味。

后来，有老师提议让疯胡子再帮着写几个，可一直没能如愿，因为疯胡子再也没有走错路进过校园，就是在街上给他一支粉笔，他也不写，这事着实让人遗憾。

在我读高中时，疯胡子死了，街人到派出所去开证明，民警翻出他的档案袋。不看不知道，一看吓一跳，原来那份从部队转来的档案里记录着疯胡子辉煌的前半生。他曾是部队里的团级干部，负责宣传工作的，因工作成绩突出，还被记过二等功，也曾在全军的书法比赛中得过金奖，只可惜在一次实弹演习时，他站在一门大炮边上，被炮声给震昏了，醒来就成了现在这个样子。

知道他的历史后，大伙都表示惋惜，商业公司的领导们终于明白腾出门面给他住的原因。学校知道这一情况后，通过他的档案材料，联系了他原来所在的部队，找到了他的那张得金奖时的作品，选了“拼搏奋进”四字，制成铭镜，高挂在校门口，以示敬意。

傻 子

狼山并不大，很早以前，这里出现过灰狼袭击家畜的事件，现在早就没了狼的踪影，可山名却留了下来。

自从通往县城的盘山公路建成后，山下的狼山村上的许多年轻人纷纷赶往城里去打工，阿荣与阿花夫妇就是其中之一，他们每天往返在这条公路上，从城里把钱赚回家。

年初的一个傍晚，当阿花骑着自行车走在回家的路上时，遭到了歹徒的拦路抢劫，歹徒没想到阿花会拼死反抗，于是残忍地把她杀害了，阿荣听到噩耗赶到现场，看到妻子的惨状后当即就疯了。

发生这事后，村上的人们忧心起来，上下班时，大伙都是结队而行，特别是女青年，下班晚了只能暂住在城里，也不敢往家赶，担心阿花的事情会在自己身上发生，只有疯子阿荣整天在这条公路上转悠，嘴里还唠叨着别人听不懂的话。

许多天过去了，虽说案子没破，但类似的事情也没有再发生，山村的人们慢慢地把此事给淡化了，相反对疯子阿荣在公路整天晃悠倒产生了反感，感觉很碍事，路过他身边时，还会骂上几句，这时阿荣只会傻笑。

又一个傍晚，正当人们准备睡觉之时，突然山中传来女人的救命声。村上几个胆大的村民立即组织起来，操起木棍向声音方向跑去。

当他们跑到现场，眼前的一幕让他们惊呆了，只见疯子阿荣死死地抱着一个男人的腰，浑身上下都是血，不远处倒着一辆自行车，车边有个女青年，浑身颤抖地缩在地上。

当人们好不容易把两人分开时，才发现阿荣的背上有好几个窟窿，早已没气了，那是被尖刀刺的。那个被阿荣抱住的男人伤得也不轻，他的胸口处被阿荣咬得一片模糊，命根子也被阿荣连根给咬断了。

定下心来后，姑娘把刚才发生的事给讲了出来。今天由于加班晚回家，正骑着车，突然从路边窜出一个人来，把她的车给撞翻了，接着那人就扯着她要往路边拖，她本能地叫起了“救命”。也不知从什么地方，阿荣一下子冒了出来，他死命地抱住那男人，叫姑娘快跑。那人看到“半路上杀出个程咬金”，从腰间拔出一把尖刀，对着阿荣的后背一阵猛刺，随后两人都倒了下去。

后来，经过公安机关的审问，原来上次的案件也是那人做的。大伙从姑娘的口中得知，阿荣并不是真傻，他是用这种极端方法寻找杀死自己爱人的凶手。

祭 祖

"儿子啊！要过节了，你张罗张罗，我们敬敬老祖宗。"自父亲过世后，祭祖仪式就落到了王林的头上。

逢年过节湖泾村都有祭祖的习俗，对王林来说，这是个神圣的事情，听到母亲的吩咐就忙乎起来。从柜子里拿出一件件用品，又是洗又是擦，生怕不干净了会让老祖宗们吃了闹肚子疼。

母亲搬了张椅子坐在边上，一边看着王林在那里细细擦洗，一边又开始唠叨起那段往事。

解放前夕，还是姑娘家的王母跟着大姐随流浪大军，来到了人生地不熟的上海求生机。在车上，王母犯起了晕车病，下车时鬼使神差地跟在一个女子的后面出了站上了接送车。等到发现不对劲时已晚了，原想回去找大姐的，可自己也不知自己在什么地方，只得跟着这些人一起谋生。

发现小妹不在身边，大姐是急得直跺脚，站里外是找了个遍，茫茫人流中哪儿再有了小妹的影子，不得已，只得进了一个姓蒋的老板家做起佣人。半年后，蒋老板的老婆生急病过了世，老板看大姐老实勤快，人也长得漂亮，提出要娶她为妻，从此大姐成为了这家的新主人，一年后还为蒋家生了个大胖儿子。

虽说做了富太太，大姐还是那么勤快，每天的家务都由自己打点。有天，大姐像往常一样提着菜篮子去买菜，刚进菜场就看到一个熟悉的身影，正是魂牵梦绕了近两年的小妹。重逢让姐妹俩很是开心，王母当天就随大姐回了家，从此也过上了惬意的生活。

如果没有变故，姐妹俩将在大都市里终老一生了，可生活并非一帆风顺，先是大姐那可爱的儿子得急病，虽经医治，还是没能保住性命。还没等大姐从失子之痛中走出来，紧接着又一个重大变故彻底打破了她的心理防线。有一天早上，丈夫蒋老板让解放军给带走了，随后被告知，她们居住的房子和财产都被充公了，姐妹俩搬出这个温暖的家。

靠着大姐给的一点盘缠，王母离开了上海，乘火车来到了昆山。下车后，王母正想着去何方谋生，一个农民打扮的男人主动上前来帮忙。在举目无亲的情况下，看到有人来帮忙，王母感到说不出的温暖，莫名其妙地跟着男人走了。两人回到阳澄湖边这个几乎与外界隔绝的湖泾村，做起了夫妻。

安顿下来后，王母跟男人提起了远在上海的大姐，说两人分手时约定的，无论是谁，一旦有了安身之地后就通知对方，两人要生活在一起，朴实的男人立马陪王母去了上海。

好不容易找到大姐，王母着实吓得不轻，才分手没多少日子，大姐已变成了疯疯癫癫的了，嘴里不时地叫着丈夫和儿子的名字，夫妇软骗硬拉地把大姐带到了乡下。

看过病吃过药后，大姐的情绪有所稳定。这时王母才得知，留在上海的大姐经过多方打听，找到了关押丈夫的拘留所，被告知丈夫是个反动资本家，已经畏罪自杀了。受此打击，大姐变得疯癫起来。

姐妹俩到了乡下后，虽说日子过得很苦，可男人待她们都很好，吃过药的大姐精神状态时好时坏。不知为什么，发病时，只要把大姐随身带来的一副洋刀叉放到她的手上，大姐就会安静下来。王母知道，这副刀叉是姐夫到国外时带回家的，好多次姐夫拿着刀叉给她们示范洋人是怎样用餐的，那时的情景很温馨。

在乡下的那些时光里，虽说也有人给大姐做过媒，可大姐都没答应，一直随王母一起生活，直到终老。临终时，大姐提出，在祭祖时，可不可以把那副刀叉也放上，王母同意了，从此后，在王家的祭台上，多出一副闪着银光的洋刀叉。

梦雪

作为一名援藏干部，接到出发通知的那天，林军与新婚妻子兰兰才度完蜜月。怕妻子不同意，林军安慰道，自己是组织上层层筛选出来的唯一人选，这是一种荣誉更是一份责任，自己到那边后会常用短信联系的。兰兰自然知道此事的重要性，依依不舍地把林军送上了车，直到汽车在目光中消失，兰兰那只挥舞着的手也没放下来。

“兰兰，我已安全到达，这里离天很近，风景特别美。”看到丈夫进藏后的第一条短信，兰兰的心里多了一份憧憬。丈夫走后的几天里，兰兰经常上网看，西藏确是个美丽的地方。“希望有天能去你那里，看看风景也看看你。”兰兰回道。

“兰兰，藏民很热情，我感觉好温馨。”看过这条短信，兰兰乐了。从对爱情萌动朦朦胧胧的意识起，自己就不相信一见钟情般的传奇故事，然而自打见到林军后，兰兰一下子就喜欢上了，心里再也挥不去林军的影了。这个做事认真，处事随和的男人是那么的讨人喜欢，以至于自己会毫不犹豫地把终身托付给了他。

“兰兰，我已开始工作了，同事相处很和睦。”“兰兰，听到你怀孕的消息，我好开心，我就要当爸爸了”……

兰兰的手机里存满了丈夫的短信，短信联结着两个知心爱人，只要有空，兰兰就会翻看这些短信。看着一条条短信，就像是在与远在天边的丈夫说话一样，心中充满了幸福感，兰兰常常幸福地抚摸着自己的肚子，跟还未出世的孩子说，宝宝，你爸爸在西藏，那里是个美丽的地方，等你出生后，我就带你去见他。

十月怀胎，一朝分娩，在这种幸福感的陪伴下，兰兰住进了医院。随着一声响亮的哭声，宣告一个崭新的生命诞生了。这天，很少下雪的城市上空，突然飘起了入冬后的第一场雪，漫天飞舞的雪花笼罩了整座城市。看着胖墩墩、粉嫩嫩的女儿，听着窗外传来的一阵阵孩子们的欢笑声，兰兰的心中无比甜蜜，当即用短信把这一喜讯告诉了丈夫，林军很快就回了，还给女儿起个“梦雪”的名字。

一晃三个月过去了，在孩子做过百日后，地方领导登了门，说要带兰兰母女去一趟藏区，去看看林军生活过的地方。听到这个好消息，兰兰险些蹦起来，跟着领导就进了藏。

一路上，领导谈起了林军，说是个十分要强的人，当初进藏时，虽说高原反应很厉害，可他还是克服了，立马投入到紧张的工作中，每天坚持与同事们一起走访藏民，用自己所学的知识为他们排忧解难。

听到领导表扬丈夫，兰兰幸福地笑了，“林军这人就这样，随便做什么都是认真负责的。”“是啊！是啊！看他这么拼命做事，同事常提醒他要注意身体，可林军却说能天天看到藏民的笑容心里就高兴。”兰兰心里是乐开了花。

车子到达目的地，下得车后，兰兰急切地在人群中找寻起来，可一圈下来也没发现林军的身影。领导像是看出了兰兰的疑惑，说林军在另个地方等着她，说罢领着兰兰来到了一个大礼堂。

跨进大礼堂，兰兰看到白墙的中间挂着一张大照片。透过镶着黑色的边框，分明看到林军正满脸微笑地看着自己，兰兰只感到大脑一下子变得真空起来，眼前仿佛有漫天的雪花正在飞舞，双手不由自主地抱紧了心爱的梦雪……

拼命地工作，无限制地透支生命，终于把林军给打倒了。怕影响到怀孕中的妻子，林军没敢告诉兰兰实情，更没有同意返回故里治病。在最后的日子里，林军常说自己看到家乡在下雪，江南的雪，洁白迷人……

恶邻居

阿强是我的老邻居，高高大大的身材加上满脸的络腮胡子，大家都称他叫强哥。年轻气盛的强哥为了出风头，一失手把人打成了重伤，为此进了班房，吃了两年的国家饭，出来后在一家公司看门。

山上下来的人，谁看到了他都会远远避着，因为是邻居关系，每次遇见，我总是出于礼貌与他点点头，算是打招呼，平日里倒是相安无事。

有一天晚上，突然听到敲门声，打开一看却是强哥，他站在门口说道：“大兄弟、大嫂子，我这几天手头紧，你们能不能借千把块钱给我用用，等我有钱了就还给你。”看他那架势，不借到钱是不走人的。我们夫妻对望起来，没办法，我在老婆的眼神指使下，把今天刚发的工资拿了出来，点了一千元给他。强哥点着钱说：“大兄弟，要不要写张借条给你，也好有个凭证。”“不用，不用，都是邻居，不会赖掉这千把块钱的。”我轻声说道，“兄弟就是实在，我走了。”

看他前脚走，我后脚就把门给关上了，心想这一千元算是完了。老婆倒是想得开，说拿钱消灾，就当是被小偷偷去了。然而，事情并没有像我们想的那样简单，一到我发工资的时候，强哥总会准时地来向我们借钱，每次也总是一千元，看着他那满脸的络腮胡子，我的心里就“砰砰”直跳，老婆也是软瘫在那里，还是那句老话，“拿钱消灾”，想想与强哥为邻，本来就是一种灾难。

提心吊胆地过了一年，那天半夜里，电话突然响了起来，我母亲在里面哭着说，父亲突然中风了，让我快到医院去。夫妻俩奔到医院，医生告诉说现在正在抢救，明天中午前必须交二万元，不然后果自负。

医院的这个规定我有所了解的，于是，我让爱人守在医院，自己回家拿钱，然而一下子拿不出这么多。因此我就想到了以前向我借钱的那些朋友。电话打过去，有的说过几天就还，有的却说手头紧，让我另想办法，打了一大通电话，也没筹到几个钱。

眼看着离中午时间不多了，我正想着要向单位领导申请去借钱时，有人敲门，我开门一看，是强哥，我积在胸中的闷气随即发了出来，“我没钱，你给我出去！”强哥这回却换了一张脸，笑着说：“大兄弟，别发火，让我进来再说。”移进了门后，用身子把门给关上了。

随后，只见他从口袋里掏出一叠钞票，把它放到我的手上，对我说：“大兄弟，这钱还给你，你点一下，一共一万二千块，外加四十三块二毛利息。”望着手中的钱，我心里一阵激动，想不到强哥会在这个时候来救急。

强哥说：“大兄弟，不瞒你说，我就只相信你这个人，什么坏事都不做。那两年，没人敢上我家，你还能陪我父母说说话，我真的太感激你了。只是我听人说，你只知道借钱给别人，却不向他们要还，这样再多的钱也积不起来。我是粗人，想不出什么法子，只好每月向你借一千块钱，这些钱我都帮你存在银行里。这次听说大伯生病了，我知道你急等着用钱，所以帮你把它们领了出来，应应急。”

原本我的心肠就软，只要口袋有钱，哪怕是不认识的人来向我借钱，对方的理由又能让我相信，我就会二话不说把钱借给他，而且连最起码的借条也不要一张，这些年下来，钱的来历是明了的，可去处就不得而知了。就为这个脾气，老婆不止一次地警告我，然而却改不了。自从强哥来借钱后，每次有人向我借钱时，我就说钱都借给强哥了，他们一听到强哥，也就不再跟我提借钱的事。今天强哥来还钱，我才醒悟过来，原来他一直在帮我。

震出良知

张善和李良两家是邻居，以前关系是马马虎虎过得去，缺油少盐时还能相互借用一下的，可在建造房子时，因宅基问题起了纠纷。

原本两座房屋之间有条近两米的通道，并不算在两家的宅基面积上的。张善先建房，为了想把房子建得宽敞些，打起了那条通道的主意，就跟李良商量起来，说反正通道上不走人，自己想把房子往这边靠一靠，咱们二五添作十，各人用这其中的一米，你看行不行。

听完张善的想法后，李良当即就提出反对意见。你先造房还有半条通道好用，到自己建房时，不就什么都没有了，那样不仅材料不好运来运去，还只能砌反手墙，很不方便的，除非张善把通道留下来，到时自己建房时用那半条通道，这样才合理。

乡下人建房子是件大事，本来是可以协商的事情，可两家谁也不让步，更不想让对方沾到半点的便宜，为此就吵了起来，张善说李良自己造不起房子有意刁难自己；李良说张善小看人，就是不让在通道上动工，吵吵闹闹中问题一直得不到解决。

眼看到了开工的日子，张善让泥瓦匠照着自己的计划在通道中间砌基脚。李良也不是吃素的，看到张善在砌基脚，立马上去给扒了，张善自然要拼命，两个大男人为此动起了手，最后还村里领导出面进行了调解。领导调解后作出了决定，用掉通道也没什么不可以，只是张善必须帮着李良把墙脚一起给做好了，以后李良家要造房时就不用为打墙脚而烦恼了，不然谁也别想打通道的主意。听听村领导说得也在理，两家这才没有再说话。

新房子造了起来，可张善心里是老大的不舒服，为了李家的墙根，自己白白浪费了不少建材；李良也不好过，看到张家的新房子，心里就堵得慌，于是就借了钱也把房子给造好了。别看张家的东山墙紧挨着李家的西山墙，两家的关系却紧张得很，时不时地为张家的鸡飞到了李家的院里，李家的狗晚上多叫了几声吵着了人而大吵特吵，是摆明了老死不相往来的那种敌对关系。

这次的地震来得是太突然了，在一点预兆都没有的情况下，大地就抖动了起来。张善夫妇在自家门前的田里干着农活，突如其来的灾难让他们惊呆了，等回过神来时，只见紧挨在一起的两幢房子像散了架似的轰然倒下了。

张家媳妇看着自己辛苦了半辈子建起的新房子顷刻间成了一堆废墟，心疼得大哭起来。在这个时候还是男人反应快些，房子虽然倒了，自己身体没有受到半点伤害，这是不幸中的万幸，就劝老婆别哭，乘着白天时候，看能不能翻找出一些粮食或值钱的东西，也好能为今后的日子作打算，老婆一听也对，于是就随着张善回到倒塌的房子边。

然而当两人来到倒塌的房屋边后，他们并没有去翻动自己家的那堆废墟，而是直接上了李良家那里，发着疯似的拼命掀开那些砖瓦、木头。

再说李良，地震发生时，他也在远离村庄的自家田里忙农活。随着一阵天旋地动后，李良立即意识到是地震了，看着远处有房子在倒塌，立马想起一件事，忙丢掉手中的工具，拼命地往家里赶。

当李良远远地看到自家的新房倒了，大叫一声完了。你道是为什么，原来李良八十岁的老母亲这几天正生病待在床上，房子倒了，自己的老母亲肯定是凶多吉少。忙加快了脚步，想早点把老母亲救出来。

当李良来到自家房子前时，却看到张善夫妇正在使劲地扒自己房子上的废墟。想不到这两个狗男女会乘着地震来乘火打劫，李良大声骂道，张善，你眼睛瞎了，这是我的房子，你要干什么！

张善正使劲地搬动着那些残骸，突然听到一声大喊，着实吓了一跳。回过头看到是李良时，心里也来了火，“李良，你个混蛋，愣着干什么，你娘还压在下面呢！”“娘，我的娘！”李良这才回过神来，原来张善夫妇是在救自己的母亲啊，忙加入到抢救的行列中。

也算是老太太命大，她睡的那张老式木床救了她一命，当三人把压在床上的水泥板木头残瓦搬开后，发现木床的顶板成三角形正盖在老人的上面，老太太正卷缩在床角里发抖呢。

看到有人来救自己，老人自然高兴，当她看清救自己的是张善夫妇和自己的儿子时，心里更是高兴，对张善夫妇是一个劲地说“阿弥陀佛，阿弥陀佛，谢谢你们来救我，还是邻居好啊！”

张善夫妇当时到房前时，正好听到老人的求救声，两人不约而同地想到了救人，现在看到老太安然无恙也是高兴，听了老人的话后更是高兴，正想与李良庆祝一下，突然几个人都笑了起来。刚才光想着救人，到这时才发现，大家的脸上早就被灰尘和汗水弄得像个大花脸了。

房子虽然倒了，可两家人的心却连在了一起。在随后的抗震救灾工作中，张善和李良一直冲在第一线，村里在安排救灾帐篷时，两家人同时提出要安排在一个帐篷里。他们相信，在今后的日子里，只要同心同德，一定能重建家园，重新做个好邻居，一直和和睦睦地过下去。

逼出山的短信

一大早，夏仲学就被敲门声惊醒，门外有人喊着他的名字说有急事相求，夏仲学很不情愿地开门一看，却是个不认识的男子。对方一见他就说，昨晚遇上蹊跷事了，一定要请你帮着解决。

正想说找错人了，对方却像是早有准备般，十分肯定地说自己没有找错人，说罢还翻出手机上的短信给他看。夏仲学一看，是条带点广告味的短信，上面说自己掌握水产养殖技术，特别精通大闸蟹养殖，能为养殖户解决技术上的一切难题，下面是名字和联系电话。

夏仲学有些慌了神，忙说自己没发过这样的短信，还是找别人去吧。不想对方听后就来了火，自己养殖的大闸蟹昨晚起不知为什么老是往塘岸上爬，眼看着没办法，这才一大早叫了车来城里找你的，你要是不随我去，我那一塘大闸蟹有个三长两短的，到时我就凭这条短信到法院去告你，让你赔我的经济损失。

夏仲学听后是一阵发虚，想想自己在大学里是学了这门技术，看看这人的着急相，还是先到现场看看再说吧。

上了车后夏仲学才想起，自己还没问对方姓名，就这样冒冒失失地上了车，也不怕人家会使坏，一问才知原来是阳澄湖畔有名的养殖大户李水发。好多年前就听说过他了，人还是第一次见，这样的名人专门来找自己，夏仲学暗下决心，一定要帮着把毛病找出来。

没过多久，车子停在了李水发的蟹塘边，夏仲学在塘边走了没几步就发现。原来是塘里的水位太低了，蟹是因缺氧才爬上岸的。找到原因后，他忙对跟在身后的李水发说，塘里得及时添水才行，不然太阳出来后会死蟹的。李水发听后是连连点头，忙叫家人去打水，还打开了所有的增氧泵。也别说，经过添水和增氧后，那些蠢蠢欲动的大闸蟹纷纷爬回了塘里没了踪影。

看到这个情景，李水发很是兴奋，专业学院里出来的就是不一样，一上来就找出问题所在，不像自己，看到大闸蟹上岸，只会动员全家人一起用扫帚把它们往下赶，把人累得半死也没能解决问题。随后就与夏仲学商量，想每月出一千元聘请他担任技术顾问。

一千元虽不是个大数目，可对从没有赚过钱的夏仲学来说还是有吸引力的，自然答应了下来。双方约定，以后每星期夏仲学到蟹塘上来两次，具体指导养殖方面的技术。夏仲学很是高兴，当即打电话给父亲报了喜，父亲听后也很兴奋。

为了能做好顾问，夏仲学翻出了以前学过的书籍，把已荒废了的学业给恶补了回来。经过一段时间的摸索后，逐渐熟悉了大闸蟹的生长规律和生活习性，也对疾病防治有了破解的方法。

看到夏仲学这么快就进入了角色，李水发不失时机地告诉他，阳澄湖边有很多的养蟹专业户，你为我一家服务有点大材小用了，不如开一个技术服务部，这样才能人尽其才。经他的提醒后，夏仲学感觉也对，于是就在阳澄湖边找了间门面，开起了阳澄湖大闸蟹技术服务部。

开业当天，李水发把附近那些小有名气的养殖户都请来了，还跑前跑后地帮忙照应，这让夏仲学很是感激。吃午饭时，在夏仲学父母强烈要求下，李水发留了下来，夏仲学看到父母一个劲地敬酒，感觉很是奇怪。李水发是帮着做了不少的事，也不至于要这样啊，于是就把父亲拉到了一边，悄悄地说，“爸，我知道李老板是个大好人，可你们这样待他是不是有点过了啊!”“什么过不过，要是没有他帮忙，你现在还整天泡在电脑前玩游戏呢，你不感激，我们可要好好谢谢他呢。”说罢又要去敬酒，把夏仲学弄得是一头雾水。

“仲学，你毕业快一年了，人家的孩子都找到了工作赚了钱，可你却一直缩在家里，我知道你学的那个专业在城里找工作是有点难度，可你不找就不会有什么饭碗等着你的，这事你不急我们可急啊！为此，我和你母亲特地找李哥一起商量。李哥跟我说了，现在阳澄湖大闸蟹是天下闻名，大家都承包了水面养起了大闸蟹，养得好的人家是赚到了大钱，可也有养得不好的，不仅不赚钱，还把老本都赔了进去，正需要像你这样的技术人员。还是李哥的办法好，他在手机上编了个短信，把你请出了山。”

李水发在边上说，“当时就怕你不动，螃蟹缺氧上岸那点事，就是刚从事养殖的人也知道的。话说回来，科班出身的就是不一样，通过实践后就成了地道的专家，真正帮我解决了不少以前无法解决的问题。以前我们只是凭着经验养殖，今后有了你的技术支持，阳澄湖大闸蟹会越养越好，到时会有更多的人能品尝到正宗的阳澄湖大闸蟹了。”

原来是这样啊，夏仲学终于明白父母的良苦用心，忙端起酒杯恭恭敬敬向三人敬起了酒。

菩萨保佑

阿强所在企业转制后，他就成了一名下岗工人，以前在企业时不论大小也是个官，现在却什么也没有了，只得自己另想办法。经过一段时间的观察后，阿强准备学开车，然后做一名的哥。开车的事情毕竟是开眼生活，没几个月时间驾照就拿到了手，和老婆一商量，买了辆卡车跑运输。

新手上路总难免会磕磕碰碰的，再加上那么多年养成了习惯，每顿都得小酒香香的，为这事，老婆阿珍没少说，可就是不起效果，虽然车子的各种险都保了，但还是赔得多赚得少，为此阿强也感到很苦闷。

这天，阿珍打电话给阿强，说自己弄到了一个好宝贝，希望阿强早点回来看看。阿强当即回到家中，阿珍小心翼翼地把包装纸一层层地除去，原来是一尊观音菩萨。阿珍神秘地说："阿强，这可是一件难得的好东西，我是花了很多钱才从一位老司机那儿买来了，你不知道，那位老司机开了一辈子的车，愣是没有出过一次交通事故。我是左打听右打听，才知道他有这么一个宝贝，是这个菩萨保佑他一直平安无事的。"阿强笑着说："你又从哪儿道听途说来着，这东西能保佑人，还不是封建迷信，我可不信这。"阿珍像是知道阿强会不相信，很有把握地说："你啊，也不问问怎么用就一口否定，牙齿与舌头这么默契了还会出现磕碰，人家老司机不出差错，难道是本领大吗？也不是的，他就是靠着这尊菩萨才得以平安无事的。""这么好的东西他怎么会舍得卖给你？""噢，他前些日子刚办了退休手续，不再开车了，我还是托人费不少口水才得到它的，你不知道，想买这尊菩萨的人不知道有多少呢。"

"说了半天，你倒说说它怎么用呢？"阿珍笑笑说："看我光顾着高兴了，也不把方法告诉你，是这样的，每天早晨你出车时，只要诚心诚意地对着菩萨默念出车的路线和时间，再按一下菩萨的肚子，他就会吐出一张小纸条，告诉你该怎么做才能保证平安无事。”阿强听老婆这么一说，有点心动了，很想马上试一下。阿珍却说，老司机关照过了，不出车绝对不能试的，不然菩萨会生气的，以后就会失灵的，只有出车时才能用。

一夜无事，第二天，阿强早早地就起了床，按照阿珍的交待，抱着试试看的想法，很虔诚地对着菩萨默念起路线和时间来，然后轻按了一下菩萨。菩萨的底座处真的出来了一张纸条，只见上面写着：“今日出车，中午不喝酒，一路平安！”不管是真是假，阿强记下了。

今天他跑的是老主顾，中午时，那老板热情地款待他，一定要让他喝酒。阿强记着早晨出来时的事情，千推万辞就是没有喝一滴酒。在开车回家的路上，他的车让交警给拦了下来，说是例行检查，看是否酒后驾驶，阿强出了一身冷汗，幸好没喝酒，不然一天的路又白跑了。因为新交通法对司机喝酒的处罚是很厉害的，不但要罚款扣分还要拘留呢。回到家中，阿强就把这事当成喜讯告诉了阿珍，阿珍也很高兴，对着菩萨鞠了三个躬，阿强也打心里感谢菩萨保佑。

次日，阿强出车时又来到菩萨面前，还是说了路线和时间，这次菩萨吐出纸条要阿强注意中午多休息。原来今天阿强要出远门，以往他都是十二个小时连轴转的。今天他听了菩萨的话，中午休息了一个多小时，真的平安无事，阿强佩服起那尊菩萨，也更相信菩萨的本领了。随后的日子里，每次出车他都会先去请示菩萨再出车，从此没再发生过小车祸什么的，钱也赚了，人也更加精神了。人家问起，他总会说自家有尊好菩萨。

为了庆祝一下，这天阿强早早地歇了车，在街上买了一束鲜花和一身时髦的衣服，想给阿珍一个惊喜。当他轻手轻脚地用钥匙打开家门时，听到阿珍在与人打电话。阿强好奇地听着，只听阿珍说：“你不知道，自从你教我这个好方法后，我那老公真的是什么事也没有了，以往我的话他一句也听不进去的。现在好了，有了这尊菩萨，每次出车前，我只要把注意事项写在纸条上，他照着做了后就什么都好了，真的太感谢你了。”

原来是这样，阿强一下子明白了，这哪是菩萨显灵，真正的菩萨就是自己的老婆，是她在保佑着自己平安无事。

邻居的尴尬

我坐了近二十年的办公室，不知为什么，一纸文件下来后，就成了一个下岗对象，虽然努力与上司领导争取过，可文件上写得明明白白的，凡年满四十的必须一次性买断，于是办好了手续卷铺盖走人。

开始时还想着找个单位打打工，可找了好多家单位，人家只看我一眼就明确告诉我，现在年轻人多得是，不需要中老年人。我当时就生气了，可回家一照镜子心里就平衡了，自己写了这么多年的材料，头发已是“地方包围中央”了。不要说是外人，就是老婆有时也会对我皱眉头，幸好自己能动动笔头，于是就在家写写小东西赚点稿费。

“专业坐家”自然心里会烦，于是就走动走动。我家住在六楼，一个楼梯两户人家，这一走动就发现，对门原来住的那对老夫妇不在了，现在住进去的是个年轻漂亮的小姐。我知道“小姐”这个词是不能乱加的，可一看她的打扮我还是想到了这个词。

经过一番曲折打听后才知，老夫妇怕走楼梯，于是把自己的车库改造了一下住了进去，这套房子就租了出去。

“爱美之心人皆有之。”邻居住了个漂亮女性，心里自然会生出些想法来，一旦写不出东西时，就会有意无意地注意起女邻居。这一注意让我看出了点名堂。开始时，这靓妹白天几乎是不出门的，一到晚上后才会听到重重的关门声，当我翻来覆去睡不着时，那边的门又会响起来，后来白天黑夜都有门声音，种种迹象证明她的身份。

也不知从哪天起，这个靓女知道我是个作家，白天有时也会来敲我的门。我这人平日里很注意自己形象的，特别是在单位时，大家都说是个十足的老实人，所以每次靓女来敲门时，我总是只把门打开一条缝，问一声有没有事？

靓女说一个人闲得慌，想聊聊，我立马警惕起来，告诉她我正在创作，于是靓女很自觉地说一声“不打搅你了”，随后就退了出去。关好门后，我的心怦怦直跳，能与这样的靓女聊天那是多么浪漫的事情，可就怕让老婆和邻居们知道，那可是吃不了兜着走的事情，再说孤男寡女的，人家还是这一方面的老手，到时我还说得清楚吗？

自从靓妹住在隔壁后，老婆也是不放心，每回看到靓女就会告诫我。然而，意想不到的事情还是发生了。

那天近晚时分，正当我完成了自定的写作任务，准备配合即将下班回家的老婆做晚饭时，对门传出了一声尖叫。出于本能，我立马开门冲出去，正好对门也开了，那靓女急步跑了出来，险些与我撞了个满怀。我问出了什么事，她叫着说“有蛇!”我是不怕蛇的，从小就敢捏着蛇尾巴玩，今儿个里也想一显身手，因此自告奋勇，问在什么地方，靓女说是在卫生间，于是我就进了她家的卫生间，上上下下仔细翻找起来。

也就在这个时候，老婆回来了，看到两家的门都大开着，以为是出什么事了，大声叫着我的名字，听到老婆叫，我自然不敢怠慢，忙答应着走出了卫生间，当我看到老婆站在门口阴着个脸的时候，我才感到有点不对劲，再看身边的靓女，心里更是毛了，原来靓女身上就象征性地穿着那么三点。

老婆也没说话，气呼呼地转身进了自家门，我对着靓女苦笑了一下也跟了进去。关上门后忙向老婆解释，我是听到那女的在叫有蛇后才帮着进去捉蛇的。老婆狠狠地说，你当我是三岁小孩子，我们住在什么地方，会有蛇？别编故事来唬我。听老婆这么一说，我也感到有点不对劲，这是在城里，再说还是六楼，怎么会有蛇呢，一定是那女的想害我。一时也想不出什么别的解释，只是反复强调是听到她叫有蛇后才去的，也没想别的事。不提别的事还好，一提老婆更气了，“你当你是完人，平日里你一看模特表演就色眯眯的，今天一个大美人放在眼前，会不偷食。我不止一次告诉过你，人家是做什么的，那就像是公共厕所，谁都能上，为了一时风流弄得一身病。今天你不要上床了，明天就到医院去检查一下，我可不想被连累了。”

想不到会这样，我只能默默地进了书房，越想越来气，真是“狗拿耗子多管闲事”，现在是有嘴也说不清了，看来今晚只能在书房里过夜了。

第二天，我听从了老婆的话，乖乖地出了门。自己的事情自己清楚，因此没去医院，而是去了在公安局做民警的老同学那里，想请他帮忙说道说道。不巧的是同学不在，边上的人说很快就会回来的，让我等着。我想反正也没事，等就等吧。也没过多久，同学带着个女的进来了，一进门就兴奋地告诉同事，骗子终于给逮到了。

我一看那女的，差点没叫出来，这不是住在我对门的那个靓女吗，想不到会是个骗子。同学此时也看到了我，忙问有什么事。我大体说了一下，并指着那女的说，就是她让我蒙受不白之冤的。同学看了看那女的，开玩笑地问，你真的没碰她，我指天画地告诉同学，我真的连她的一个手指头都没碰。同学看我猴急的样子笑着说，没碰就是你的不对了，你一碰后就会明白了。说罢，就一把抓住了我的手，硬拉着我走近那靓女，还把我的手拽向那靓女的胸口。

这事可不是闹着玩的，再说这里还是公安局，我使劲往后缩手，然而经常写字的怎能敌过一个专业警察，我的手还是碰到了靓女那丰满的胸脯。本以为会有一种十分美妙的感觉，可就在这一瞬间，我的手告诉我，自己像是碰到了一团海绵。同学此时也笑了，问我什么感觉，我自然不敢说，同学这时动起了手，把那靓女的上衣给拽了下来，还把她的胸罩一并给拉掉了。当靓女整个上身裸露出来时，我惊叫起来，原来也是个爷们。

随后听同学一讲我才知道，这个所谓的靓女就是利用自己独特的身体优势，找寻那些花心的男人骗钱财。也别说，上当的还不在少数，幸好同学抓住了他，不然还会有男人上当受骗的，我也是吃不了兜着走。当晚我特地邀请同学上门，把这事给说清楚了。不过老婆还是不太服，说我骗她，同学也急了，忙拿出照片来作证。老婆说，这事我信，只是他编了有蛇我才怀疑的。同学怪怪地看着我，我能说什么呢，只能违心地说是自己动机不正。

不过这事后来还是给澄清了，几天后老婆告诉我，她在与五楼的聊天时，五楼说起前些日子买了一条青梢蛇，不知怎么的让它给逃走了。老婆与我的坦白交待一对照，立即明白了，不过她还是告诫我要“吃一堑长一智”。

向往

妞妞与芳芳自从离开大集体生活后，就被安排到了现在居住的这个小天地里，虽说面积不能与原来的那个家相比，但这里的环境却是一流的，通体透明的玻璃围起了同样是透明无色的一缸碧水。为了使小环境更加美观，主人还在其中加入一座假山和一丛水草。生活在这里可以说是无可挑剔的。

小姐妹俩就这样无忧无虑地生活着，谁都感到找到一个幸福美满的家，特别是听到主人的夸耀后，形影不离的小姐妹更是喜上眉梢，得意间会吐上一长串气泡，逗得主人是欲罢不能，真是两个充满灵性的小东西。

有一天，悠闲自得的妞妞突然感到有种无形的冲动在心中涌动，徘徊思绪了好久才明白过来，自己怀春了。

在这间玻璃房里，除了主人那欣赏的目光外，此时的妞妞更关注另一种目光，那双大大的眼睛是那么的专注，好多次，妞妞都被这火辣辣的目光烧得浑身不自在，不得不躲进假山中回避起来。

自从那日光出现后，妞妞就很少跟芳芳进行交流，她怕自己吐出了心声后，让芳芳也产生同样的感觉，这可是自己最不想得到的，爱情就是这样自私的。

芳芳看到妞妞神情恍惚的样子，心里很是着急，两个要好的朋友能住到这酷似别墅的居所里，自是缘份，总不能看着姐妹一天天消沉。当知道原由后就替妞妞担心，她们的爱情应在水中，而不是在陆上，离开了生命之水那就什么都没有了，玻璃外边火辣辣的目光并不是为了爱情，那只是一种欲望。

听到芳芳的劝导，妞妞嘴里没说，可心里明了那一定是芳芳也动了芳心，因为她一样是被那双目光注视着。哪个少女不怀春，这一点妞妞早就明了，为此，妞妞常常回避着芳芳，不再去听她的说教，而是采取了主动表白的方式去迎合玻璃外的那双眼睛，一旦那种目光出现在玻璃外时，妞妞会主动地迎上去，表示出自己的爱慕之情，还送出一个个醉人的飞吻。在这时，妞妞变得十分自私，时不时地用自己那条迷人的尾巴一次次地把芳芳扫向边上，坚决不让芳芳靠近，独享爱情的甜蜜。

终于一个大胆的想法出现在妞妞的脑海中——私奔，为了这份纯真的爱情。这次妞妞把心事告诉了芳芳，芳芳被妞妞的决定吓得目瞪口呆，迟迟没了话语，妞妞嘲笑她，没有胆识，一辈子注定只能过这样平淡的日子，为了爱情有时就得大胆付出才行。

当那双目光又一次出现时，妞妞使出全身的力量，奋力一跳，跃出了水面，划出了一个漂亮的弧线，飞过玻璃缸沿，直直地向着地面扑了下去，一阵刺痛让妞妞不自主地翻腾起来。

也就在这时，一直迷恋着缸里，对她心仪已久的白马王子迅速跳到地上，来到了她的眼前，妞妞正想迎接这份火热的情感，然而迎来的却是撕心裂肺的疼，妞妞感到一阵目眩，一下子失去了知觉。白马王子叼着她，发出一声长长的“喵……”后躲进了小房间，身后的地上只留下一滩水渍。

主人终于回家了，当他看到鱼缸中只有孤零零的一条金鱼，再看自家那只花猫不时舔着爪子时，立马明白是怎样一回事了，当即抓住猫背，狠狠地把它掷出了窗外。

第二天，主人特地上了趟集市，回家时，手里已多出一个塑料袋，里面有一条活蹦乱跳的金鱼，当它进入玻璃缸看到芳芳时，一下子喜欢上了。看着它们追逐嬉戏的样子，主人又一次露出了笑容，轻轻自语道：多好的一对啊！

邮票风波

按组织规定，还有半年，赵志民就要从清莲镇党委副书记的位子上退下来，就在这节骨眼上，一把手王书记把他找了去，“志民，我刚收到市纪委转来的举报信，信上反映你在这次招标过程中有违规现象。你我搭档时间也不短了，作为同事也是朋友，我有责任提醒你，如果真有什么问题，我觉得你应该主动一点，不要把自己弄得太难堪了。”

十七岁参加工作，这么多年来自己一直把握一个原则，那就是该得的得，不该拿的一分钱也不拿，现在听到有人举报，心里自然不舒服。“王书记，我经手的工程都是按正常程序操作的，绝对没有做什么出格的事情，不信你可以让人去调查的。”

事情的起因当从赵志民负责镇里一号重点工程——环镇公路说起。自他接手后，就有人在背里说开了，说老赵就要退了，书记是想把这块大蛋糕送给他。猫没有不偷腥的，更何况这是一只即将引退的“猫”。

也别说，那些工程老板是闻风而动，不单是镇里的，就是市里的也都来了，志民的办公室和家里常有陌生人出现。大伙是心知肚明，谁接下这个活就等于是捧了个金元宝。

大林工程建设有限公司的老总大林自然不会放过这次机会。看过政府门口的公告，大林知道自己公司的资质应该在招投标的范围里，可竞争着实很激烈。看到人家都在积极与志民联络感情，自己也应主动出击。多年打拼市场的经验，让大林变得猴精猴精的，他通过朋友关系，四处打听赵书记兴趣爱好，知道志民别的不爱，就喜好收集邮票，空闲时常会去邮品市场淘淘宝。

得知书记的喜好后，大林特地去了趟邮品市场。绕了几个圈后，也不知买什么好，最后买了本年册。原想包起来的，又怕误解是什么贵重物品被拒之门外，就随手拿着敲开了志民家的门，进门后把年册放在桌上。

志民刚上一年级的小孙子看到邮册，立马翻看起来。为了方便说话，志民让小家伙拿到里屋去看。

一番礼节性的问候后，大林把主题转到了工程上，说有可能的话，帮着掺和掺和。一提到工程，志民立马警觉起来，告诉大林，这事绝对是公开公平的，只要你的实力在那里，招标时自然会优先考虑的。

什么实力不实力，怕是谁给得实惠多就是谁吧，大林心里想着，可嘴里还是一个劲地说，“当然，当然，那我回去好好准备材料。”说罢留下自己的名片起身走了。

送走大林，志民回到屋，看到孙子还捧着邮册在看，想起这本年册是大林带来的，忙打电话让大林回来，把年册还到大林手上，“年册我已经有了，多了也是浪费，你自己留着吧。”

拿着年册回到家，大林是一百个不舒服。这个老东西也太绝了，一本年册都要退，看来这工程是八字没一撇，肯定没戏了。大林拿着年册随手翻了几页，突然笑了起来，“姜还是老的辣”，看来事情并没想像的那样坏，随后是信心十足地准备起各种招投标材料来。

招投标工作按时进行，虽说竞争激烈，可大林凭着充分的准备一举中标。看着几个比自己还要强的公司败在自己的手下，大林得意极了。人一得意就会忘形，大林也不例外，在庆功宴上，喝多了的他向大家透出个秘密，说别人无法敲开赵书记的门，自己一张邮票就搞定了。

小小的邮票能办成大事，大伙自然不信，“什么小邮票，一张就要好几万呢。”说者无心，听者有意。就像是一颗炸弹，话一传出立马引来了风波。

“老赵，查就免了吧，我只问你，你有没有收过大林的财物，比如邮票什么的?”王书记点拨道。听到书记说起邮票，志民忙说，“大林是想送本年册的，我已经有了，所以还给他了。”“年册你有没有翻过?”“我没看过，噢，对了，我孙子翻看过，不会是那小子动了手脚。”说罢打电话问了起来。

小家伙说，学校正在举办邮票展，要评谁的邮票最多、最好。那天看到桌上的年册，就想翻翻看有什么好的邮票，正好从中掉下一张邮票，一看是爷爷常说的“全国河山一片红”，于是顺手牵羊把它放进了自己的口袋，想用它来获个好名次。

一听孙子说到这张邮票，志民惊出了一身冷汗，看来自己是跳到黄河也洗不清了，立马把真相告诉了书记。书记听后也是一惊，说此事先别声张，先把邮票找出来，然后看上级如何处理。

本想站好最后一班岗，守住一生清廉的好名声，所以在竞标中，也是只注重资质和申报材料。大林能中标，完全是他前期努力的结果，可现在有了这张邮票，再谈公平公开公正就没人相信了。事情到了这个地步，志民也不敢多想，只能等待处理结果。

在焦急和矛盾中度过了三天，王书记把他叫了去。才进门，王书记高兴地告诉他，“志民，那张邮票是假的，是大林在邮品市场花了一百元买来的，他是想试试你会不会动心，没想到阴差阳错，被你孙子给拿走了。组织上考虑你确实不知情，而且价值也不是传说中的那么贵，也就没有再追究你的责任。工程依然由你负责，希望把好关，不要再出乱子。”

听到这个消息，志民感到一阵轻松，一百跟几万那是本质上的差别，看来组织上还是相信自己的。“那工程是不是还让大林做?”“让啊，你看中的人应该没错的，不过要盯得紧一点。”

从那天开始，志民全身心地扑在了工程上。功夫不负有心人，三个月后，环镇公路顺利通过上级部门的验收，还被评为了优质工程。到这个时候，志民才真正地松了一口气，随后把早已准备好的引咎辞职报告送到了王书记的手上。

看了辞职报告，望了望被太阳晒得乌黑发亮的志民，王书记苦笑了一下，“我知道瞒不过你的。为了保护你，我与大林做了个交易。我告诉他，要保住工程，必须做到两件事：一是把邮票以匿名的形式捐给红十字会，二是必须把工程做成全市的品牌工程，用事实来证明赵书记的清白。大林同意了，现在工程也已完工，你我应该可以放心了，至于辞职的事，我看就免了吧。再过两个月，你想做上级还不让呢?”说罢就要递回报告，志民没有接，“谢谢书记的好意，也谢谢书记对我的信任，这回我是认真的。”“好吧，我会提交党委会讨论的。”

其实，在王书记告诉志民邮票是假的那瞬间，志民就知道领导是在保护自己。玩了这么多年的邮票，虽说还没达到专业的水平，但真假邮票还是能辨得出的，王书记没让自己背这个黑锅，还让自己把工程完成掉，应该说他也担了很大的风险。想想这次风波，虽说是不知情，可责任还是难逃的，此时辞职也算是对组织一个交待。

送走志民，王书记又捧起那份报告看了一遍又一遍，眼含着泪花，小心翼翼地把它折好，装进了自己的公文包里……

第二辑

那晚雁声声

那晚雁声声 / 春竹 / 丑女

祖坟 / 蔷薇 / 芦叶粽 / 芦花鞋

美食家 / 抠爷/ 舅爷/ 缘

春福 / 谎言/ 私房钱/ 闹心蟹

企业家 / 名医 / 红河泪

……

那晚雁声声

在特护病房里，病魔已把王永老人折磨得像个木乃伊般，只剩下皮包骨头了，要不是那双会动的眼睛，已看不出什么生命的迹象。

处在半昏迷状况中的老人时不时地会喊一声“李立”，还会像聊天一样说上几句话。听着那遥无边际的话语，也已上了年纪的儿子王红根不放心，就去问医生，医生告诉说，一个人到了这个地步，有时是会产生幻觉的。

那晚，昏迷中的老人突然说道：“雁声，雁声，我听到雁声了。”病房有一定的隔音效果，哪里能听到什么大雁的叫声呢，一定是老人又产生了幻觉。然而才过一会，老人又叫了起来，“雁声，雁声，我听到雁声了。”

红根到过道里，打开窗户侧耳细听，还真有雁声从头顶上传来，“咯儿—嘎—，咯儿—嘎—”。

已是深秋时节了，在乡下，这个季节时常能看到南飞的大雁，它们排成“人”字形飞过，留下一串串洪亮的叫声，让人感慨万千。红根没想到在城市的上空也会有大雁飞过，而且还是病入膏肓的父亲先听到的。忙跑回病房，告诉父亲是有大雁飞过。老人的眼睛一亮，“老伙伴真的来叫我了，快！快！你们现在就把我送到湖边去，我要去见他们。”

谁也没有想到老人会提出这样的要求，在这样的情况下，待在医院才是最明智的选择，红根就劝道，“爸，现在已是深夜了，等天一亮就送你去湖边，你看好不好?”“你们不去，我自己去！”老人想自己爬起来，可身体已不听他指挥了。大家都劝等天亮了再说，可老人却说雁声叫得那么急，等不及了，自己一定得去。

老人的脾气，儿女们都知道，他想做的事情必须要做到，红根问医生怎么办才好，医生小声地说道，老人的神志很清楚，怕是还有什么事没完成吧。

红根默默地回到老人的身边，“爸，你真要去?”“嗯!”“行，我依你，这就去联系车子。”听到儿子肯定的话语，老人的脸上露出了笑容。

大伙小心翼翼地把老人抬到了救护车上，车子向湖边而去。夜已深了，原本繁华的马路显得十分寂静。细心的红根发现，今天的雁群确也怪，时不时地，天空中就会传来“咯儿—嘎—，咯儿—嘎—”的雁声，像是在为老人护航。老人上车后一直很清醒，他断断续续地说着自己那段不寻常的经历。

1941 年，日本鬼子进了湖区，他们是无恶不作，百姓的日子一下子进入了水深火热之中。为了打击鬼子的嚣张气焰，在上级组织的领导下，湖区成立了抗战支队，老人就是其中的一员。

那年秋天，日本鬼子不知从什么地方得到消息，说支队将在湖边的芦苇塘里过夜，于是调集了近百名鬼子，乘着夜色想偷袭。

夜幕下的湖区显得十分幽静，负责放哨的李立发现异常情况时，鬼子已摸近了芦苇塘。李立学着大雁的叫声发出了报警信号“咯儿—嘎—”，随后向支队相反的方向跑去。李立的声音惊动了一群在此过夜的大雁，芦苇丛中随即传出一阵“咯儿—嘎—，咯儿—嘎—”的惊叫声，鬼子听到动静就开了枪。

正在熟睡中的队员听到大雁的叫声，知道发生了情况，迅速行动起来。凭借着地形的优势，支队与鬼子摆起了迷魂阵。虽说鬼子人多装备又精良，但也不敢贸然进入芦苇塘，只能用枪乱放一通，眼看着占不到多少便宜，只得留下十多具尸体后走了。由于李立的及时报信，支队非但没有受到损失，还打了一个漂亮仗，唯一遗恨的是，王永的亲密战友李立，为了引开鬼子而献出了年轻的生命。

经过近一小时的行驶，车子停在了老人当年作战过的湖区。“爸，到了。”红根说道，老人立即激动起来，一定要下车，几个人一起把老人扶下车。

老人盯着湖面看了好一阵子，突然他大喊一声，“李立，我的好伙伴，我来了。”随后就倒在家人的怀里。大伙七手八脚地把老人抬到车上，随行的医生连忙进行了抢救，然而，老人的心脏永远地停止了跳动。

在回去的路上，大家都没有说话，静静的夜里，只有“咯儿—嘎—，咯儿—嘎—”的雁声和着汽车的马达声，久久地回荡在夜空中。

春　竹

湖泾村是一个三面临水的江南小乡村，密密的竹林把村庄环绕了起来，青翠的竹子撑起凌霄俊秀，点泼着小小湖泾村。每至清晨，竹海里升起烟云，袅袅婷婷，迎着朝霞，五彩的露珠儿从翠绿的竹叶上慢慢地滑落，鸡啼鸟鸣声似协奏曲，优美而迷人。

靠山吃山，靠水吃水，湖泾村盛产竹子，于是人们就靠做竹器为生，春林就是其中之一。他的竹器活儿是祖传的，特别是他打制的篾席，上面不但有龙凤图案，而且还有字，只要主人提出要打什么字，他都能想着法把字给打出来，为此周边人家总叫他编篾席。

新春过后，春林就出了村，日夜在临村水泽村里给人家打篾席。别小看那小小的一张篾席，它的工艺却也很烦琐的，先得和主人一同去竹园中挑选陈年上好的竹子，然后再将竹子用竹刀劈成篾片，再把这篾片细细加工一番，使它们大小厚薄长短均为一样才行，这招细加工是春竹的拿手好戏，也是他出名的原因所在。

这天晚上，春林完成了最后的工序，主人知道春林今晚就要走了，特地上集去买了一些酒菜招待春林。那是一顿比较丰盛的晚餐，一向为人老实的春林经不住主人的频频敬酒，多喝了几杯，当春林告别主人走出那家门后，径直向湖泾村方向走去。

走着走着，春林迷路了，他无论怎么走，前面都有河流拦住去路，春林就这样迷迷糊糊地在水边打着转儿。终于，春林看到前面不远处有灯光，忙向着灯光走去，边敲门边大着嗓门喊："开开门，我是春林，我迷路了。"

很久才有个女人来开了门，女人一看果真是竹匠春林，忙把春林让进了屋。春林一问才知自己走了半夜又绕了回了水泽村。春林随口问，我什么时候为你们打过篾席？我家没打过，女人说，春林奇怪了，你家没竹园？有竹园，但我家没钱。春林不问了，这时女人叫起了已经熟睡的儿子，听说是竹匠春林，孩子来了劲，他很想有一张有自己名字的篾席，于是春林在孩子的指引下回了家，一路上，孩子说了很多有关自家的话。

第二天，春林一大早就来到了水泽村，径直走到了那女人的家门口，对已在忙碌的女人说，自己愿意帮她家打张篾席，没等女人回答，春林就进了女人家的竹园，很快竹子就被拖到了场上。春林在女人家做了一个星期的活，一张有孩子名字的篾席打成了，这一星期，女人都默默地给春林做饭，做他的下手。

这天，春林真的要走了，女人依然默默地给春林备好了酒菜，春林喝了个开怀。临走时对女人说，你一个女人家，带个孩子不容易，我那媳妇死得早，也没给我留下什么，如果你没意见，过几天我还来，再打一条有你名字的篾席，行不？女人默默地点了一下头，春林放心地走了，当女人再次抬起头时，泪水已静静地挂在了脸颊。

徐徐的春风吹动竹叶，竹园发出阵阵欢快的音符，在春里，竹子显得格外的青翠。

丑女

丑女到底有多丑，文字已很难表述，那横阔竖短的椭圆型脸蛋上有着塌陷的额头和两道浓烈的三角眉，眉下却有一双似经过冬眠的癞蛤蟆般的小眼睛，那赤豆样的眼珠停在眼中，滞郁的目光很是凝重，常常随牛顿的万有引力落到地上，阔嘴巴上方是塌得看不见鼻梁的朝天鼻，两只招风耳更是惹人，仿佛是一件古陶瓷罐上的两把手。

丑女的脸上也有好风景，那就是一口整齐晶莹的玉齿，这样的牙齿长在她嘴里也是浪费。丑女太丑了，以至于人们不敢去看她美丽的玉齿，怕让脸磕着。丑女不是近亲结婚的结果，她父母每看到她的模样，总认为受自己家环境的影响，当时在完成人类最伟大的杰作时，他们只有一张破旧的竹板床，是竹板床造就了这一人类的次品。

在没有丑女之前，湖泾村的大人们常拿老虎来吓唬孩子，但自从有了她后，大人吓唬小孩就有实物了，“你再不乖，我就要把你送给丑女了。”这一招很管用，小孩听后往往就止住了哭闹，变得乖巧了。

丑女或许不应该来到这个世界，没人欢喜她，也没人注意她，就连她父母也因她而受村人的口舌，说是前世作孽，今世有罪。两人把那些难于下咽的话语吞下肚后，早早地到祖辈那边诉苦去了。

丑女太丑，村里村外的男人没一个要她，丑女就这样天天与十二寸黑白电视机作伴，守着空房度日子。没多大文化的丑女却有用不完的力气，不管冬夏，她每天随着一班人做搬运工。一只大大的草帽把半个脸给遮了起来，缓和了人们的视线。大得如同男人般的力气使工头很感兴奋，做男人的活，给女人的价，这是工头的聪明。丑女也不计较，每天能赚上十元、二十元已是很好的收成了。

勤快的丑女还在自家那三分自留地上种上了各色的蔬菜，丑女就是靠这些蔬菜度过每一天。看着她如此拼命又舍不得花一分钱，有人看中了她的钱财，准备将子女过断给她，可被她回绝了。

丑女年复一年地做着搬运工，体力是一年不如一年。终于，工头不要丑女了，丑女被迫回了家。

人就是那么贱，一直干重体力活身体好好的，空闲下来的丑女却生起了病，身体一天天瘦下去。

这天，丑女死死地抱着一只鼓鼓的包上了县城，回来时，人们发现丑女破天荒地穿上了一条长长的印花绿裙子。没多久，身穿花绿裙子的丑女走完了人生之旅，村人草草地把她的后事给处理了。

隔了半月，乡村的公路上来了两辆汽车，一辆是高级轿车，另一辆写着“采访车”字样。到村口时，小车上下来一个挺着啤酒肚的中年人，向人们打听“谢丽美”的住址，并说是来表示感谢的，因为她给残联捐了五万多元钱。

大伙想了一遍后告诉来人，村里没有叫“谢丽美”的，一定是记错了地方。来人点点头又摇摇头，无奈地钻进了小车，车子在小公路上艰难地转了头，向来路开去。

“我村有这人！”突然有人叫了起来，大伙一看是村会计，“哪位是谢丽美啊？”“就是前不久死去的丑女啊！”经他这么一说，大伙都没了话语，只是默默地看着汽车飞驶后留下的弥天尘土，久久不散。

祖　坟

几年前，村西北面的袁家祖坟还是一片荒草地，那上面只有几块被勤劳妇人垦出的小地块，种了些蚕豆花。

有一年，村里响应上级号召，消灭抛荒，于是那三亩地被提上了议事日程，村领导商量后决定，只要谁能出来承包，村里不仅不收一分钱的费用，另可以提供无偿服务。

告示贴出去了好几天，就是没人前来签订合同。袁家祖坟是在四清时给拆除的，挖出的尸骨随手就掷了，也没什么禁忌，现在村里人却十分忌讳那玩艺儿，眼看着这事要黄了，这时，袁爷跳出来要承包祖坟。

袁爷是村上德高望重的长辈了，那坟中埋的就是他的父亲、爷爷，直至祖上十八代先人。袁爷在几年前就设想在祖坟上栽桃树的，这次是个绝好的机会，告示贴出后，袁爷就把想法说与家人听，却遭到了家人的一致反对。原因很简单，一是袁爷年岁已高；二是那毕竟是祖坟，在祖坟上动土不就是扰祖犯上嘛，这可是使不得的。

袁爷嘴上没说，心里早已盘算开来，等过了三四天，瞒着家人独自到村里签订了合同，来了个“先斩后奏”。随后，袁爷砍掉了满坟杂树，清尽了荒草，进了一批优质水密桃树苗种到了坟地上。

两年过去了，小树苗已长得葱葱郁郁，三月间还开出了粉红色的花朵，荒坟地一下成了绿洲。打那时起，袁爷在坟地上搭了一个棚，开始看起了桃树。这一年，袁爷收了近百斤桃子，一只也没卖，全部送给了村上人品尝。

来年，桃树进入了丰产期，摘桃的时候，一直反对袁爷种桃的家人也加入了采摘和叫卖的行列，那年袁爷赚了近万元。

看到袁爷大把赚钱，村人耐不住了，说那坟也非袁家独有，凭什么光他一家种树赚钱，得把树砍了，由村里人平均分地。

村领导没能说服村民，只得把袁爷找去。从村部回来，袁爷提了把斧子，含泪把自己辛苦栽培的桃树一棵棵地给砍掉了，回到家后就病倒了。

没几天，祖坟变成了一方格一方格的豆腐块，几乎每家都种上了蚕豆花，祖坟依然葱绿。巴掌大的面积出不了什么效益，慢慢地祖坟上又恢复了原状，长满了半人高的荒草，随风摇曳。

蔷薇

蔷薇和伟谈恋爱已有五年了。

蔷薇住在村的东头，伟住在村的西头。整个村子被青翠的竹林和清澈的小河所环绕，河岸边生长着无数的野蔷薇。

蔷薇是位漂亮而又能干的姑娘，蔷薇出生的时候，正是满村野蔷薇花开放的时候，顺着那份醉人的香气，父亲给她取了这个名字。

伟凭借着自己高大英俊的身材，出校门后就进了镇派出所，做了一名辅警队员。干一行爱一行，自进派出所，伟天天值班执勤很少顾家，正因如此，这几年几乎年年被评为优秀辅警。

五年来，蔷薇和伟的关系日益亲密，蔷薇更是把伟的家当作自己的家，经常帮着伟那长年有病的父母料理家务，做些田间劳动。伟的父母看在眼里甜在心里，人前人后总是夸找到了一个好媳妇。

其实，蔷薇和伟早到了法定的结婚年龄，双方父母决定今冬明春为子女完婚。

又到了春暖花开的季节，只是今年的天气很反常，眼看着蔷薇的生日来临，然而村边的野蔷薇却迟迟不开。

生日这天，蔷薇早早地上集去买菜，精心烧制了一桌丰盛的饭菜，这应该是蔷薇与伟婚前最后一次过生日，过完这次生日后，两人就是正式夫妻了。为此，蔷薇特别关照伟早点回家。然而，蔷薇等了一晚，伟却没回家，蔷薇为此生了一晚的气，恨伟不听话。

第二天，蔷薇来到伟的家，想问个究竟。进门后，突然看到派出所的领导也在场，伟的父母脸色惨白惨白的，一种不详的预感袭上心头。伟和同事在追捕二名盗窃杀人犯时，被可恶的罪犯用匕首刺中胸部，当同事把他送到医院时，伟已不行了。

一个星期后，蔷薇从巨大的痛苦中摆脱出来。当蔷薇再一次来到伟的家中，看到中堂上伟的遗像和伟的父母卧床不起的情景时，蔷薇又一次掉下了眼泪。

回家后，蔷薇经过很长时间的矛盾，下决心正式住进伟的家，照顾两位老人。却在这一天，村边那迟迟不开的野蔷薇突然竞相开放，那洁白的花朵，馥郁的花香把整个小村笼罩起来，小村骤然俊美无比。

芦叶粽

芦花出生的那天，村边的河滩上那一丛丛芦苇林正经受着秋风的洗礼，把一片洁白奉献给了这个并不显眼的小乡村。芦花的父亲出门就看到了那洁白一片的芦花，也不顾芦花娘刚生产不能惊着，大声叫着“芦花，芦花”就奔进了屋。从此，芦花成了她的名字。

芦花生就一双巧手，只要是看过一眼的东西，她就能把它做出来，这一点确是让她的父母脸上光彩了许多，听到村人在夸女儿时，幸福感就会爬上心头，还不时地在心底琢磨着，自己是怎样生了这样一个能干的女儿的。

在村人的夸耀中，芦花成长为村上的一枝花，于是那些快嘴的媒婆开始来磨她家的门槛。那些日子里，芦花的父母不知准备了多少斤茶叶，烧过多少瓶开水，耽误了多少工夫，才把那些媒婆给打发走。

然而，芦花的心却没有被那些快嘴婆娘说动过，她从开始到最终都死认了一个人，那就是村头的强。强并没有潇洒的男人气派，而且整天游手好闲的，村人看到他都摇头，可芦花却真实地把心交给了她，也不知是出于报恩还是爱神把丘比特之箭射错了地方。

在媒婆和村人们一片惋惜声中，芦花成了强的老婆。看到这样如花似玉的美人儿，强也曾对天发誓过，说什么也要改变自己，让芦花过上好日子，芦花自然心花怒放。

可事实并非如此，强只好了几天，手就开始发痒，也没人叫他就跑到了以前的几个好友家，没日没夜地搓麻将赌钱。世上没有常胜将军，强更不是什么赌王、赌圣，很快就把芦花的陪嫁钱给输光了，又把芦花的陪嫁品一件件抵了出去。芦花不是不阻止，只是每一次都是换来一顿毒打，把个俊脸打成了花脸。

村人开始叹息芦花命苦，但就是没人敢出来说两句公道话，大家都怕强那不长眼的拳头。没有钱的日子自然不好过，不好过的日子里有个好男人，女人还有些盼头，可芦花却什么也没有了，于是她开始用自己的巧手帮着做一些小东西，上集市卖了后贴补些家用。

眼看五月将临，芦花到村头的那片芦苇林中，她去采摘芦叶，用来裹芦叶粽，可这一去，芦花再也没有回来，等人们找到她时，整个脸都涨胖了，就像一只大大的芦叶粽。

芦花火化的那天，强没有去，不是他自己不想去，而是实在去不了，就在村口的那片芦苇边上，村上的几个壮小伙着着实实把他修理了一遍，现在正躺在床上，只有出气没有进气。

芦花鞋

在带着凉意的风吹拂下，绿绿的树叶失去了原来的青翠，就像年龄把少女的光彩抹去一般。在黄叶无奈飘落枝头的同时，村头小河边的芦花绽放了，洁白如棉，轻柔如絮，远远望去似风中白云，让人看了心里就舒服，忘却了随之而来的冬日严寒。

这时，一只小木船靠近了那片密密丛生的芦苇林，船头上的老人吃力地把一根根芦苇拉弯，用剪刀把那一枝枝轻柔的芦花剪下，小心翼翼地放到船舱中的小筐里。他一次次地重复着，速度越来越慢，他真的很老了，在他爬上爬下之间能感觉出来，他早已不适合干这事了。

一筐芦花终于装满了，小船也慢慢离开了那片芦苇丛，在老人的身后依然是那么美丽的一幅风景画。对于这片芦苇林来说，这一小筐的芦花只是九牛一毛而已，可对老人来说，一筐足已。

这老人就是我的外祖父，他要用这些芦花为我那幼小的女儿做鞋。岁月与苦难的生活压弯了他的腰，高大的身影只能在母亲的回忆中，我们才能体会到。对于这些，我一点也不怀疑，因为他那双大脚是很难买到现成的鞋子的，他所穿的都是外祖母纳的千层底。

每年的深秋，当那芦花开放时，外祖父总要早早地为我们每人做一双又轻又暖和的芦花鞋，今年他已打算好为我们做。

夏日的一天，外祖父突然吃不下东西，以前也有过这样的事情，但他总以为没事，这次真的一点也吃不下。在这样的情况下，他才同意去医院检查，然而事情之糟是我们每一个人都没有想到的，外祖父得的居然是那种让人心寒的癌症，而且是晚期的食道癌。我们谁也没有把这一消息告诉他，但他还是从我们的目光中得到了一些信息，勤快的他还想着做这做那，但都被劝阻了，成了一个闲人。

在药物的帮助下，他能吃一点面条与稀饭。闲着的他开始盼着秋天的到来，他或许也知道这个秋天是何等的遥远。

终于，风中有了一丝凉意，外祖父看到了树上的落叶，芦苇也抽出盼望已久的穗子。风更紧了，芦花绽放了。外祖父坚持着要自己做，谁也阻止不了，他也知道这可能是做最后一双鞋子了。

一双小巧的芦花鞋终于做成了，外祖父像是完成了最后的杰作一样，当小女在试穿了他的鞋后的第三天，他再也坚持不住了，只住了一个星期的医院后，就离开了这个让他留恋的世界。

那双芦花鞋小女始终没有穿，这是我舍不得，因为这鞋从此后只有一双了。村头的芦花年年开放，从此后谁也没有去采摘过，因为会做芦花鞋的人已经走了。

美食家

小小的湖泾村确实什么人都有，林爷就是其中一个，他既能干又能吃，全村的每一家他都去吃过，但没有一家让他满意过。当然他也不是去吃白食，总是帮过那家做了事，这才心安理得地吃一顿。

林爷青年时曾在镇上的一家饭店做过工，就是那时养成了他的美食习惯，因此在回到村里后，他就关心起吃得来。能干的人总是受人尊重的，而能吃的人却又被人看不起，可林爷却把这两者给结合了起来，村人倒也不觉得有什么尴尬，照例有事就求林爷帮忙，照例请林爷吃饭，只是在做菜时特别小心而已。

春夏秋冬，年复一年，林爷真的有些老了，孙子也已有了对象。大家都知林爷的爱好，孙子自然也把这事告诉了对象。姑娘在第一次登门时，特地上超市逛了大半天，从中选了几件自以为是好吃的东西，用来孝敬林爷。

林爷自然很满意的，只是并没有当着姑娘的面吃那些好东西，他怕吃到不满意的东西让姑娘难堪。事实也是如此，当姑娘走后，林爷打开了那些包装精良的东西品尝起来，他不是嫌酸就是嫌太鲜，没有什么口味。当他听孙子说那些东西很贵时，告诉孙子，以后买些甜的就行了。

小姑娘当然是听得进去的，也不用费尽心思地去选那些连自己也没有品尝过的东西了，甜的东西自然好买，林爷也能当着她的面尝这些东西，还说她很乖，会对他孙子好的，听得姑娘心里乐开了花。

然而有一天，林爷的脾气上来了，他开始嫌做的菜苦，连饭也苦。家人不明白是怎么回事，向来是照着林爷吩咐去做的，而且是为他一个人做的，怎么会是苦的呢，因此家人试着尝了那些菜，味道很好，也不知林爷怎么会这样挑剔，或许林爷真的老了，不中用了，谁也没有想到应该陪林爷去医院检查一下。

终于，家人在被林爷骂得狗血喷头时，才想起要林爷去医院检查。不查不知道，一查吓一跳，原来林爷的舌根处生了一个瘤子，而且是恶性的。生活真是会开玩笑，以美食家而出名的林爷，居然会品不出味来，只能以一个苦字来了却此生。

知道了林爷的这病根后，家人不再为他另起灶火了，有时还特地不放作料，因为放与不放对林爷来说也无所谓。林爷吃时的眉头皱得更紧了，苦的滋味在心头升起。只有当未来的孙媳来时他才会舒展一下眉头，因为她总是带一些好东西来，也只有这时，林爷才会边吃边说好甜，姑娘与家人都知道那是甜的。

林爷终于不行了，姑娘知道后，急急地拿着一包平时林爷爱吃的蜜枣，来到林爷身边，打开包时她才发现自己弄错了，因为那是自己用来泡茶的盐话梅，但已打开了，还是给林爷送上了一颗。林爷在含吃的同时，轻声说好甜，这话让姑娘惊呆了，姑娘不知说什么好，只是给了在场每一个人一颗话梅。

林爷终于走了，那天，家人特地请来了镇上的一位名厨，准备了一桌像样的菜，以此送林爷上路。

抠 爷

抠爷并不小气，只是他生活的时代出了一点问题。抠爷当时还很青壮，有的是力气，虽说大集体的活很琐碎很繁重，可抠爷一点也不怕，总是干得欢喜。只是燃料供应经常出问题，肚子常唱空城记，抠爷开足马力把自己的能源用完后，就得苦等着怎样把肚子填饱或填个半饱。抠爷得名还得从他的一个嗜好说起。

人必须有理想有爱好，这样活得才带劲，抠爷就是好喝几口老白干解解馋。在那非常年月，他也不忘要喝几盅，他把生产队分给他的几个小钱都用在了买酒上，那酒是最低廉的散装白酒，又苦又辣，但抠爷却说这样的酒才够味。有酒就得有菜，酒是买来了，可菜却没处觅，就是旷野中的野菜，也给细心的婆娘们给挖回了家，当了下饭菜和果腹的好辅料。

这样一来，抠爷就得另想办法，好在抠爷的脑子好用，他看到代销店里有卖五香豆的，于是，每次他在买酒的同时都要向代销员讨上一颗五香豆。当然，开始时，代销员是死活不肯，但经不住抠爷的苦口婆心，也就答应了他的非份要求。

抠爷是个有心计的人，很懂得计划供应。他把买回去的酒分成几份，把一颗五香豆也分成相等的几份，就这样，一边品酒，一边享用那分得的一份下酒菜。老这样下来，抠爷的名字也就叫了出来。

抠爷是个开朗的人，得这一名字倒也自得，久而久之，还以此为荣，直发展到最后，一颗五香豆能吃上一个月。头八天只是用舌头舔，当豆壳没有滋味时，他才小心翼翼地把那层壳剥去，壳又让他喝光了两天的酒，两个豆瓣又各自当了十天的下酒菜。这一让外人难以相信的记录在小小湖泾村上人人皆知，也都夸抠爷的喝酒水平高。村上也有些被婆娘称作酒鬼的主，但他们一个也不是抠爷的对手，他们佩服的不是抠爷的酒量，而是他的抠功。

抠爷的名气在湖泾村响了几十年，就连抠爷自己都承认，在这世界上找不出第二个像他这样的能人了，只是，现在的生活已有所好转，抠爷也不再喝散装酒了，下酒的菜也有了，但当酒进了肚之后，抠爷就会想起用一颗五香豆下酒的事来。每当这时，骄傲就会爬到脸上，那是一副无人能描绘的好心情。

随着交通的日益便捷，有人对着喝了半辈酒的抠爷说，邻镇有个同样有名的抠主，他也有一套好本事。能人都想会会能人，抠爷听了后就有了想会会那主的念头。

这天，打听好地址的抠爷终于出发了，也没花多少时间，抠爷找到了那个与他有着相同经历的人，当他听到抠爷的来意后，说了自己的一段经历。

在那个时代，他曾用一根萝卜干，喝了两个月的老白干，听了这话后，抠爷什么也没说，回头就走。

萝卜干的滋味没有五香豆的好，自己的名算是白担了。回到家后，抠爷就把酒给戒掉了，连家里用的料酒瓶都给他掷进了河里，说看到了酒就心烦。就这样，直到过世，抠爷也没有再碰过一滴酒。

舅爷

在父母众多兄弟姐妹的子女中我是老大，于是当我做过新郎官之后，也就开始享受到做舅爷的滋味。“舅爷”这一婚嫁时所专用的称呼，在婚嫁的那天也是拥有相当的权利，是个光彩的角色。

第一次享受这一权利是在妹妹结婚时，那场面着实有点儿做官的架势。除了用船来摆外，还能一个人吃独桌。满满的一桌菜任由我挑，那时只恨自己胃口太小没有吃的本事。相帮值桌的亲戚也像待爷似的围着，生怕出什么差错，不好向本家交待。

有了第一次的经验后，第二次、第三次也就驾轻就熟了。最近一次做舅爷时却尝到了一丝艰辛。

那天，娘舅的小儿子结婚，因我那表弟是倒插门的。在民间风俗中，他只能算作“新娘”，于是我也就成为了舅爷。只可惜那天我正好重感冒，外加初寒乍冷，西北风吹得我骨子里一阵阵的发冷。

现代的婚俗讲究排场，婚事也从过去的一天变成了两天，舅爷也由原来的一个发展为现在的四个。于是，除我外另有三个舅爷，婚礼上是不允许出现单数的，就连各种喜盘中的糖、果、鱼、肉、蛋等也得成双，人自然也不例外。

我们一行在下午三时左右被女方“新郎”家的挂机船接到女家。丰盛的酒菜和热情的服务着实让人舒心……

热热闹闹的气氛持续到夜里八点多，随着女家亲戚的络绎离去，我们十来个人也得打道回府了。可意想不到的事情发生了，不知何因挂机船居然发动不起。这一刻忙坏了女家的那帮亲戚，他们利用自家和邻居的电话外加两只大哥大四处打电话叫车，但终因是在乡下，路途难行，所联系的出租车司机无一肯做此笔生意。时间一分一秒地在过去，最后在女家的无可奈何的抱歉声中，我们一行开始步行回家。

乡间的小道虽说都是铺有石子的，但还是有明显的高低，雨水正好把那些坑坑洼洼给灌满了。小水坑在淡淡的月光照射下，白茫茫的，粗看上去和平地并无二样，待知道不妙，连蹦带跳逃出水坑时，鞋上已是污泥一片了。

开始时还是劲儿十足，但走出没多远那劲儿就消失到了九霄云外。在与新皮鞋的磨擦中，我的脚很快败下阵来，走路变得一瘸一拐了。

经过漫长的一个多小时，终于到了娘舅家，到此刻我们一行人都只有喘气的份了，也在此时，我意外地发现，两个一直紧塞的鼻孔已是畅通无阻，感冒的症状也减轻了许多。等谈及当舅爷的滋味时，我们四个几乎都说“此饭不当吃。”

缘

湖泾村的李婶是个出了名的泼辣货，李花顺延了母亲的性格。读小学时，李花还没多大的名气，称霸学校的是一个叫袁文武的小男生。祖辈给他起这个名字时，一定是想让他出人头地，早日跳出湖泾村这个小圈子，成为一个文武双全的大能人。

袁文武脑子活，人也调皮，靠胆量与拳头换来霸主的位子。正当他在孩子堆里称王称霸的当口，发生了两件让袁文武意想不到的事。

一向霸气的他因一点小事，与小女生李花吵了起来。在袁文武的想象里，自己的美名加上高出一头的形象一定能把李花给吓倒了，不想李花并不怕他，于是两人干了起来。在武力上，袁文武是占尽优势的，可老话说得好，“狠人最怕碰到不怕死的”，李花就是那种不怕死的主儿，眼看着赤手空拳不是袁文武的对手，当即找来一块八五砖，要与袁文武同归于尽。眼看着李花的砖头已举过头顶，袁文武第一次感到了害怕，撒腿就跑躲得远远的。从此后，只要一看到李花，袁文武就禁不住打一个抖，一副吓破了胆的样子。

第二件事是他想要发奋读书时，却无缘进入高等学府深造，只能在湖泾村的土地上发挥自己的余热了。

“男大当婚，女大当嫁”。不知是媒婆有眼力，还是前世有缘，帮他找了李婶的女儿李花，说这个村上只有李花能管住袁文武。袁文武不听到李花这名字还好，一听到这名字，把个头摇得象个拨浪鼓，说只要不是她，谁都可以。

这话传到李花耳里，这可不得了，只见她放下手中的女红，跑着到了袁文武家，当着他与家人的面就骂：“袁文武，你个杀千刀，你给我听着，你不要不识抬举，我都没说不同意，你倒说起风凉话来了，你到底要不要？”袁文武没想到李花会来这一手，吓得不住点头，就连他的父母也不明白儿子怎么会这样窝囊。

婚事很热闹，村人也很满意，在酒桌上都说这才是真正的一对。新婚夜，李花说出了心里话："要不是我看你是个聪明人，我会死皮厚脸地嫁给你。往后我们一起搞些副业，凭着你的聪明，不怕不富，是不是？"袁文武一个劲地点头，看得出，他这后半生也只有点头的份了。

春 福

湖泾村三面环水的独特优势，养育了湖泾村一代又一代儿孙。河中丰富的水产资源又培育出一代又一代有着丰富经验的老渔民。

春福从小就跟随父亲风里来雨里去，在村边的小河里捕捉鱼虾，慢慢地也摸索出一套捕鱼的经验来，成了湖泾村捕鱼能手。夏天，他能赤手空拳从河底捉上名贵的鳜鱼；冬天，他又能凭着感觉用鱼叉把藏在河底的鲫鱼给叉上来；打开冰层还能用钓钓上二斤以上的鳊鱼。这样的本领，让人佩服得五体投地。

春福虽有这些本事，但从不向人夸耀，将近六十岁的人了，一生又是与鱼打交道的，即使不说，光站着就是一块响亮的牌子，春福满足了。

这几年，湖泾村边的小河受到了大河的影响，不同程度地水质也变坏了，河中的鱼也比以前少了，春福不得不改变了终身靠河吃饭的习惯，在村边开了一个鱼塘养起了精养鱼，平时空里依然下河捕鱼。

去年夏天的一个傍晚，春福照例下河捕鱼。正当他收网时，突然看到春荀家河滩边有个人头在晃动，春福想上去看到究竟，但祖上的规矩告诫他不能管，于是小船过了春荀家的河滩。等春福回头再看时，水面已平静了下来。

第二天，春福被一阵阵哭声所惊醒，起床后一问才知，春荀家的小春子昨晚在游泳时给淹死了，春福听后头一昏，没了话语。

以后一段时间里，春福似丢了魂，偶尔也出船下河捕鱼，但收获却甚微，春福不明白祖上的规矩怎么就失灵了。心中矛盾使他开始喝酒，而且每回都是酩酊大醉。

那日，酒醉后的春福破天荒地出船捕鱼去了，可从此却再也没有回来。第二天在全村人的共同努力下，才把他的尸体从小河底给摸了上来。人们不明白春福怎么会死在水里，更不明白春福手里还紧紧地抱着一块石头。

家人们在为他收起河中的鱼网时，网上满是鱼，这是他们看到的最多的一次。

谎 言

丽这几天来一直感觉不好，去医院检查后才知自己得了不治之症，从医生的目光中，丽知道自己没有多少日子可活了，自从丈夫前年成为援藏干部进驻西藏后，至今一次也没有回过家。丽在今年除夕那天破例让十岁的儿子打了个长途电话，也使孩子能听到父亲的声音。

面对着死神，丽开始想念远在天边的丈夫，多么希望他能陪伴自己走完人生之旅，但丈夫的脾气是那么的倔犟，随便的一封信、一个电话是不能把他从工作岗位上拉回来的，于是丽到邮电局给远在西藏的丈夫发了一份电报。

丽的丈夫新是在西藏的一个县城做政府办公室主任，这些天，县里刚好要上一个生产项目，新作为从内地来的，他在经验和技术上都可算是老师傅了。当邮递员把电报送来时，新正在工地上和工人们一起安装设备，新的上司林县长接了电报。电报上只有寥寥几字："新，我病了。"县长目视着这一行小字，感到了事情的严重性。林县长急步向工地走去，心里盘算着怎样跟新说明白。已经一年多了，林县长知道新的脾气，只要是新认准的事，九头牛也拉不回他，如果直接和他说，那说了也是白搭。

林县长来到工地，找到了新，急切地对新说："新，你的爱人得急病住院了，你马上回去，这里的工作由我来负责。"新知道县长向来是实打实的，但目前工地上也离不开自己，只得说："县长，我爱人自己能照顾自己的，等项目上马后我就回家。"县长没说什么走了。

生产项目终于投入了运行，新也实现了自己的诺言回家了。

不到一个星期新就回到了县城，他还带了许多家乡的特产给同事们。林县长关心地问："新，你的爱人怎么样了？""托大家的福，我爱人身体已经恢复了健康。"同事们都放心了。

二年后，新家乡政府发来了一张调令，要求新回原来的工作单位上班，也好照顾孩子。新依依不舍地离开了西藏。

林县长在整理新的办公台时，无意间在抽屉的缝隙中发现一张照片，那是一个年轻的女人，照片的四周被特意画上了一圈黑色，林县长翻过照片，一行稚嫩的字映入眼帘：“爸我恨你！”

林县长心中猛地一震，久久地伫立。从那后，细心的同事发现，林县长的办公台上多了一个镜框，那是一个永远微笑着的女人。

私房钱

在这“妻管严”的时代，强可算是一位幸运的大丈夫，萍是个温柔的女人，她没有成为那种不愿做“总理”而是争做“财政部长”的妻子，萍默默地在家做着“总理”一职，这当然也取决于强的能干与领导能力。

市场经济确实让强尝到了甜头，凭着他的经济头脑，在这充满竞争的经济时代，像一只海燕一般在商海里飞翔，这些年来，他的业绩越来越辉煌，胆子也越来越大，把握着经济之舟向海的中心驶进。

林是他们值得骄傲的结晶，学习的成绩一直是名列前茅，做父亲的强还是花了很大的一笔钱把他送进了一所名牌大学里。作为一名大款的儿子，林浑身充满着优越性，他能独领服装之新潮流，也能以金钱结交三五知己，当然学习成绩依然是出色的。像他这样的人才确是很少的，这一点林心里也知道，或许是遗传优势吧，反正父亲的胆大心细给了他一个好的用武之地。

然而，天有不测风云。正当强想大干一场时，他的那条小舟还是翻了，一直是一帆风顺的强一下子失去了信心，谁都能想象得到那失意的样子。那么多年的辛勤拼搏一下子没了，正是“辛辛苦苦三十年，一夜回到解放前”。望着商海中失利的丈夫，萍的心里也在流血，怎样才能重新燃起丈夫那已失去的信心，怎样为儿子创造出同以前一样的环境呢，萍失眠了。

又到星期六，读大学的儿子也回到了家中，萍感到一家人必须开一个家庭会议，从而共同来摆脱目前这种让人窒息的困难处境。

“今天我们三人都在家，为了这个家能继续像以前那样幸福，我们必须要面对现实，”萍开始了表白，“现在，我们所面临的是经济上的窘迫，当然这是因为经商上的挫折引起的，但谁能保证自己一辈子都赚钱，这次失败也是考验我们幸福生活的一次机会，只要我们一起努力，这是很容易解决的，你们说对不对?”毕竟是大学生，林表示了赞同。萍又继续说：“这几年来，我就考虑着或许会出现什么意外，因此，每年我都要藏一些私房钱，现在我们可以用这钱来渡过难关。”萍并没有说这笔钱到底有多大，当然她也不想说有多少钱，强与林听了很受感动，妻子能无所保留地奉献一切，自己遇到再大的困难也要去克服，总不能靠妻子来生活吧，林则认为母亲能从家和整体出发，这是一种无私奉献，为了这个家自己也应该做些事情。

就这样，强又从头开始，一点点地积赚，慢慢地生意有所好转，信心又回到了他的身上，林则在学校里更加用功了，把那新潮让给了别人，自己勤工俭学，靠着奖学金与打工攒来的钱过日子，学习生涯倒也充足了不少。

终于，家庭的难关渡过了，当三人又一次坐下来时，强不好意思地问萍，那私房钱到底有多少？萍似丈二和尚摸不着头一样，反问强什么私房钱，自己从来就不存什么私房钱，“那当时……”“噢！那是为了安慰你们，在当时只有这样才能增加你们的信心。”

强与林再一次感动了，眼前的这个妻子母亲才是他们所拥有的最大的财富。

闹心蟹

澄蟹楼的老板林海站在门口，眼睁睁地看着一拨一拨人走进与自己一墙之隔的品鲜苑，他就纳了闷了。一样的蟹楼，一样开在阳澄湖边，就连装潢也基本一样，大家全都打着阳澄湖大闸蟹的品牌，自己门前为何门庭冷落呢？

想想品鲜苑的老板李利，原来做过贩蟹生意的，经常在阳澄湖与上海之间转，人头较熟自然就顾客多了。于是林海也开动脑筋，让自己的朋友在上海又是发传单又是做广告。这一招果然奏效，林海的楼门前也迎来了不少客人，生意终于有了转机。

可好景不长，没几天客人又没了，有的老客人虽再次光临，可去的却是隔壁品鲜苑。正在林海百思不得其解之时，店门口来了辆沪字开头的轿车，走下来几个人，正是昨晚来吃饭的上海客人，林老板满脸堆笑地迎了出来：“王经理，欢迎你今天又来赏光，里面请里面请。”不想王经理把脸一横，“里面请个屁，昨天在你这里拿回去的蟹都是水蟹，害得我面子都丢光了。”说着从车上拿下来几只吃剩的蟹丢到了林海的面前。

林海拿起蟹一看，确如王经理所说是蟹黄蟹膏还没长成的水蟹，这种蟹吃起来是一壳水了。自己从来没有进过这样的蟹，这蟹是哪来的？不会是上海人故意来闹事，于是拍着胸脯保证，“王经理，我以人格担保，我的蟹绝对没问题，你是不是看到路边摊上的蟹便宜，买到了水蟹，跟我的蟹搞混了？”“我就买过侬个蟹，你以次充好还要栽赃啊！今朝我要就是要讨个说法，侬要是不赔的话，我到工商局去告你。”

还是先平息纠纷再说，不然影响会更大，林海忙赔着笑说可能是伙计拿错了，钱照退。这一闹把刚刚有点起色的生意又给冲淡了。

不会真是伙计拿错了，林海叫上伙计一起到湖边网箱租借点。伙计指着网箱对林海说，王经理的蟹就是从最边上的网袋里取的。那里放的是外贸蟹，不可能有错的，林海边想边把手伸到了网箱里，随手拿起一只大蟹。蟹一到手，林海心头立马一惊，经验告诉他自己手上是只水蟹。每次进蟹都是自己亲自出马的，怎么会混进这种水蟹了，林海有点想不通。

随后的日子，林海是想尽了办法，可生意一好起来，就会遇上水蟹，一折腾后，好端端的生意又给搅黄了。

一定要查出这水蟹的来源，想来想去，林海想到了存蟹的网箱。为了防止大闸蟹掉膘，沿湖的饭店都会把收购来的大闸蟹寄养在租借点的网箱里，一定是有人在网箱上动了手脚。晚上进好蟹后，林海不再急着离开，而是蹲守在黑暗处，关注起租借点里所发生的事情。

功夫不负有心人。这天晚上，林海看到有人提着一个网袋，来到了自家的网箱前，把网袋放了进去，又从中提出一个袋子，放到了边上的网箱里。等那人走远后，林海回到自己的网箱前一检查，发现一包外贸蟹已被换成了水蟹。怪不得自己会连连中招，原来是被人暗算了。心中的火立马冒了上来，站起来正想去找那人算账，突然脑子里有了个主意，何不以其人之道还治其人之身，于是不动声色地把蟹给换了回来。

两天后，有一伙上海人到品鲜苑去闹事，说李利用水蟹充外贸蟹卖钱，吵着要让李利赔钱赔精神损失费。受水蟹的影响，品鲜苑的生意也清淡了。李利也关注起了网箱，当真发现其中的秘密，于是你调过来，我就给你调回去，折腾来折腾去，时不时地就有人中招。

忍耐是有限的，这天林海发现网箱里又出现水蟹，提着那袋蟹气呼呼地找到李利，“李利，你这人好恶毒，用水蟹来害我，你到是赚钱了，让我喝西北风啊！”听林海这么一说，李利自然明白，立马虎着脸说，“林海，说话要凭良心，到底是谁恶毒自己心里有数！”“就是你恶毒，我亲眼看到你往我网箱里放蟹了，你这是存心想害我！”“我还看到你把水蟹放到我的网箱里呢？自己做的好事，还有脸来闹事，丢不丢人啊！”

你一句我一句，吵着吵着就上了火，谁都不愿输了生意又输人，林海提出到网箱租借点，让管理员给作个证。“去就去！”

两人来到租借点，把事情经过跟管理员一说后，心里都在想，又不是被抓了现行，这天知地知的事情，不要说是管理员，就是找天皇老子也没用。

不想管理员听后肯定说这事应该好弄清的。随后把两人带进办公房，“谁是谁非，我们说了都不算，还是看看事实是怎样的。”说罢，指了指桌上的电脑显示屏，“以前我是二十四小时值班，跑进跑出的，可多多少少还是出过纰漏，现在装了这个监控录像就不怕说不清了。来，我们一起看看录像回放吧。”

在录像的回放中看到，前天晚上，林海提着几袋大闸蟹来到网箱处，阴差阳错地把其中的一袋蟹放到了李利的网箱里。又过了不久，管理员出现在录像中，他走到林海的网箱边，把刚才放错的那袋蟹放回了林海的网箱里。

看到这里，林海真是有苦说不出，本想天衣无缝的事，不想被管理员看到了，还把自己准备的道具还给了自己，到头来落得个“搬起石头砸了自己脚”。只得满脸尴尬地说道，“对不起李老板，都怪我眼神不好放错了地方。”

此时的李利也不好过，既然租借点有了监控设备，自己做的好事自然也就露了馅，忙跟着说道，“林老板，我也有过放错的时候，我们俩扯平了。”

看着两人的尴尬相，管理员心里全都明白了，这才装了三天的监控还真的管用，不仅揭开了事情真相，还把以前的事情给挖了出来。

“我看两位老板不单单是眼神有问题，怕是脑子里也有毛病吧！依我看，无论做什么事，我们都要对得起自己的良心，这样才会心安理得，你们说对不对？”“对，对，我们一定记住了。”

企业家

看到邻村办起工厂后，两年不到就把原来三间破办公房给拆了，重新建起了一幢高大的楼房，还添置了老板桌，转椅……湖泾村领导再也坐不住了，一班人连夜商量决定，湖泾村要致富也得办工厂。在讨论办什么样的工厂时，几名委员各抒其见，最后还是书记有主见，说不如贴出招贤榜，把能人招进来为全村百姓造福。

榜文贴出没三日，矮子明走进了村办公室。明人矮，可心眼却不少，头脑中点子多。这次他向村书记提出想办一个化工厂，并说化工产品一本万利，能在短时间内见效。“花好稻好”的一番巧言后，村书记同意了，全体村委也没意见。

厂房很快建成，设备也陆续到位。半年后，产品开始出厂，村书记及村人心里别提多高兴，湖泾村终于赚大钱了。

第一年，明送上的报表显示工厂净赚了三十万元。村会计从小伙子开始做账，现在头发已是花白，可账上的阿拉伯数字也没超过七位，这七位还得包括小数点后的两位呢。他听明这么一说，做账的手都有点儿抖，“天文数字，十足的天文数字！”村书记更是高兴，招贤榜起作用了。然而村里并没有拿到明的一分钱，因为明说要扩大再生产得需要钱。紧接着，明又开始搞基建、添设备，工厂依然产品不断。

第二年，明上报的净利润增至五十万元，村书记在广播中把这一喜人的消息告诉给村民时，村民们高兴得像过年一般，湖泾村出了名。这年底，明被调至镇办企业任厂长。

第三年，村里接管了化工厂，老会计突然发现，厂里的银行存款和现金账上都没有钱。书记感到事情严重了，忙向镇里汇报。镇里派审计办人员到厂一审计才知，化工厂从开始到现在从没赚过一分钱，完全是靠贷款在过日子，更让人意外的是，厂里所有的设备都是别人淘汰下来的，根本无法生产出成品来。审计结果表示，化工厂负债一百五十多万元，扣除房屋设备和库存外，还有近百万元的债务，村书记傻了眼。明在做了深刻检查后被免去了镇办厂厂长职务，又成了一介平民。

一年后，明在湖泾村中建起了第一幢带花园的小别墅。

名 医

湖泾村的老多是个名医。相传他的太祖曾给当朝天子看过病，到他这一辈已是第十一代了。老多行医的方法十分简练，他并不像大多数医生那样要病人说这儿不舒服、那儿不对劲，也不用切脉、看舌苔。每次病人找他，他只要看上一眼，就把自己家祖传的神水拿出来，给病人倒上一些，然后吩咐病人每天早晚二顿喝，整个看病过程相当的简洁。要说效果嘛，听说老多曾看好了在某大医院都没看好的病人。

老多行医那么多年，他已很熟练了自己的那一套手脚，病人也熟悉他的看病方法，老多与病人之间已产生了一种默契，病人上门从不自述病情，老多也不多问，一手交钱一手交货。老多并不贪心，每次只收病人五元钱。

小多仗着老头子有一手绝活和大把的钞票，是整天游手好闲混日子过。父亲就自己一个儿子，到时只要把医术传给自己不就有饭吃了。

老多一年比一年老了，可他一次也没有向儿子小多传授医术，也没有一丝传授的迹象。眼看着老多头发白了，胡子也白了，小多开始着急了，万一老头子哪一日一脚去了，自己不就什么也不会了，看来得自己主动出击了。

于是，小多绕着老多要求传授医术，每次老多总是说："不急，不急，等过两年再说罢。"小多说："现在不学，恐怕学不会的，还是现在就学了吧。"小多心想，老头子也太保守了，难道我会欺师灭祖不成。但老多坚持说："这不是你急就行的，这是祖上的规矩，你只能等我入土前才能学到这门手艺。"

老多终于快不行了，在他弥留之际，他把小多叫到床边，并把所有的人都赶出了房间，他叫小多把耳朵放到他的嘴边，老多轻轻地说："儿啊！不是我不想说，只是代代如此，你那爷爷也是在此时才教我的。""爹，那祖传的秘方？""儿啊！其实我每次给病人喝的只是平平常常的水而已。"说罢此话，老多就断了气。

小多隆重地为父亲办完了丧事后就开始行医，不久也成了名医。

红河泪

红河村的大路上聚着很多人，嘈杂的人群中传出一阵阵的叫骂声，“什么狗屁村长，吃了喝了人家的就护短！”，“跟他啰唆什么，我们上镇里、市里去告红根那个王八蛋！”大伙纷纷爬上了运输户阿良的大卡车。

听到车子的发动声，王村长头脑嗡嗡作响，集体上访可不是件好事情，忙奔到车前跪了下来。已连任几届的王村长口碑一直很好，看到他跪在车前，刚才还喧闹的场面戛然而止。僵持了一会后，阿良坐不住了，关了机器，拉掉钥匙跳下驾驶室就往家跑去。知道是去不成了，大伙也纷纷下车回了家。

看到大伙散去，王村长这才艰难地爬起来回到家，看到家人一副爱理不理的样子，失望地说道：“做了这么多年的好人，这回我是彻底完了。红根这孩子钻进了铜钱眼里出不来了，害得我也跟着受罪，明天得去开导开导他，不能赚这样的昧心钱。”

第二天，王村长来到红根的化工厂，把昨天发生的事情跟他一说，“你拦什么拦，我有证有照有钱，怕谁！让那些蠢民去告好了。”“红根，你怎么能这样说话，他们都是你的亲人啊！”“什么亲人不亲人，我的亲人早就死了，你们不就养了我二十几年吗？可我把村路给修了，把学校翻了，你们还不满足啊！”“这些好事大家是看在眼里记在心里了，可现在的环境，那是在害子孙啊！”“村长大人，话不要说得这样难听，哪个厂没一点污染，我劝你们也不要瞎折腾了，你就代表村委会，给我报个价，我们一次性把此事了断了！”“你…你…你当我们没有见过钱，我们只是想让你悬崖勒马，你太无耻了！”村长气得站起来就走。

回到村里，王村长与班子成员一商量，立马一个电话打到镇环保办。很快，环保办的人来到了村里，他们看过了厂边的红河，说回去向镇领导反映反映。可等了一个星期，村长他们也没等来结果，望着污染了的红河，村长怀疑起当初是否救错了人。

1944 年的一天，江抗支队一百多人，乘着十多条船，来到红河村调整休养，不想被叛徒报了密，鬼子大队人马前来袭击。江抗队员边打边向红河村边的芦苇塘撤。有个女战士，身边还带着个刚生不久的孩子，知道此次遭遇鬼子是凶多吉少，撤离时把孩子托付给了王村长的爷爷。

经过半天的激战，除了少部分队员突围外，大部分人都牺牲了。等鬼子走后，村里人到芦苇塘去收尸，看到那个女战士也在其中，从此后男孩成了孤儿，由全村人一起抚养。

也不知道孩子姓什么叫什么，于是大伙给他取名叫红根。当时乡村的条件差，村里的孩子都没读过几年书，可到了红根该读书的年龄，村里还是出钱让红根读完了小学读中学，又保送去读了大学。

大学毕业后，满怀激情的红根放弃了在城里工作的机会，主动要求回到了公社，从小小的机关工作人员一直做到了镇里的父母官。

六年前，红根从工作岗位上退下来，清闲了一年后，突然回到了村上，开起了红根化工厂。村上人看到红根回来开厂，都把他当作贵人一样看待。可厂开出来后，大伙才感到事情并不像想象中那样，清清的红河慢慢地泛起了黑污，而后是村上的几个壮年人相继生起了怪病，医生说是受污染危害所至。

看到镇里的相关部门拿老领导没得法，王村长正想着下一步该如何办时，有人急奔着找上门来说："村长，不好了，阿良媳妇突然过世了，阿良正带着几个人要去砸红根的厂子！""怎么会这样呢？""听说他媳妇吃了河里的一条死鱼。""唉！我早就告诫过大家了，这河里的东西再好也不能吃，阿良媳妇怎么就忘了呢！走，我们去看看。"

到化工厂一看，几个青壮年人已与厂门卫扭在了一起，白铁皮的大门上多了几个铁耙砸出的洞，玻璃也碎了一地，红根正站在办公室门前看着。

没过多久，警车就来了，民警以扰乱公共秩序为由把阿良带走了。红根看到这个情景很是得意，这个报警电话打得还算及时，自己也没受到多大的损失。

没过几天，一辆贴着省环保监察的车子开进了红根的厂子。通过取样化验后发现，化工厂的污水没经任何处理就排进了红河中，按照相关法律，省环保执法大队责令红根停业整顿，并作出了罚款一百万元的处理。

村长看到红根如此无情无义，痛下决心，立马召开村民大会，写了一纸诉状，不但让全体村民签上了名，还盖上了村里的公章，直接寄到了省环保厅。

面对着停业整顿和巨额罚单，狂极一时的红根终于低下头，他将为自己的行为付出沉重的代价。

不散的阴魂

这是一个冬日的傍晚，当他的手第一千一百二十次伸出时，对面的时髦女郎在掷下两毛钱的同时，也给了他一句很好的概括语：“臭老头，脏死了。”

老头已不是第一次听到这样的“夸奖”，这对他来说已没有多大的意思了，在他的脑海中，只要对方没有拒绝自己伸出的手，那比什么都好，即使听到这样不恭的话，他心里也挺高兴。

老头在走向另一个旅客的同时，自己也想了一下，到底是什么时候洗过澡、换过衣。记忆中他只能模糊地估计着，那破棉衣自从穿上后就再也没有脱下来过，现在也不知是什么日子了，老头抬头看了看时刻表，一月二十日，离过年的日子不远了。

想着的同时，老头第一千一百二十一次伸出了手，也没有一句话语，只等那人把钱放到自己手中为止。这几天来，老头的生意做得很好，每天他都记着伸手的次数，在这离年越来越近的日子里，他伸手落空的机会也就越来越少，而且还不时有一些大票子，这确是一种很能赚钱的行当，“讨了三年饭，做官呒心相”，当然，老头也没做过官，但他知道这其中的滋味。

夜幕降临了，车站外的街道上已很少有人走动了，在这样的天气里，谁都想待在家里，一家人坐在电视机前，看着电视，唠唠家常。望着站内那等车的人群，老头的心里突然有了想家的念头。

老头并不是孤身一人，他也有家，两个儿子在相继成家后，他们都选择了媳妇，把他给一脚踹了出来，于是，老头随着家乡的青年们一起南下，尝试着打工度日。然而，年龄却把他拒之门外，在万般无奈的情况下，老头才想到了这条路。他离开了乡亲，只身到了这个车站，从此他成了车站的一个编外。整个车站上没有一个人知道他的名字，但几乎所有的职工都认识他，因为只有他一人几乎接触到了每一旅客。车站角上的一条长条椅就是他的床，当他送走子夜后，他就来到这长条椅上，用一根绳子把自己与椅子捆在一起。这确是一种十分安全的方法，这样他不但不会从椅子上摔下来，而且还能保证自己的钱不被坏人偷了去。

离年越来越近了，老头为自己作了个计划，等再讨到能买一张回家的车票时，自己就回家去过年。当然，老头不是为了看两个儿子，更不是看两个儿媳妇，主要是看自己的一对孙女，想到这，老头更带劲了，讨到钱后已不是默默地离开了，而是连声道谢，因为在他的心目中，这钱已把他与自己的孙女的距离拉近了。

又到傍晚时分，老头终于用一把皱巴巴的钱换来了一张崭新的回家车票。今晚他太高兴了，自己马上就能回家了，高兴之余，老头把买票剩余的钱拿在手里，走进了车站边的一家小饭店，他要在临回家时好好吃一顿，于是他要了自己中吃的一盆花生米、一瓶老白干，一个人独自喝了起来。

第二天，车站的清洁工在打扫卫生时，走过老头睡着的那长条椅，她看到老头的嘴角边挂着一丝笑意，她笑了笑自语道“瞧这德行，也不起来，做什么美梦”，说着她一路扫了过去。

老头最终没有起来，当车站变得拥挤起来后，有人打起了老头这条长椅的主意。因为在这个车站里，只有老头一人独占着一条长椅，于是，那人走到老头的身边，用手推起了老头，要他起来，可老头一点反映都没有，那人把手伸到老头的额上一摸，吓得当时就大叫：“啊！吓死我了，这里有个死人。”很多人都围过来看热闹。很快站领导也来了，他们从老头的破棉衣中找到了老人的身份证，同时也发现了几张银行存折，数目还相当可观。

站领导通过电话与老头所在地的派出所取得了联系。听说老头子身上有大量的钱财，两个儿子各自叫上了一辆出租车，带上了媳妇女儿就上了路。他们各自叫司机加大马力，想在对方之前赶到死人身边。

两车几乎同时到达了车站，兄弟，两家人为了抢死人大打出手，当得胜的一方彻底拥有死人后，他们翻遍了死人身上的每一块布，可什么也没发现，这时他们才想到应该找站领导。

带着满脸的伤痕，兄弟俩先后推开了领导的办公室门。在很多人在场的情况下，领导把存折给了兄弟俩，并要他们尽快把尸体运走。

兄弟俩拿着各自的一份存折，在谢过站领导后，各自走了出来。他们像是商量好的一样，谁也没有走到老头那里，各自上了自己的车子扬长而去，在他们的车后扬起的是老头那不散的阴魂。

致命宝藏

经过一个星期的寻找，在几乎找遍了整个孤岛后，筋疲力尽的嵇泉宝终于在岛中的小山洞内找到了那堆金银珠宝。望着这些二十多年来一直想得到的东西，嵇泉宝得意地狂笑起来，从今后自己是个大财主了。

二十七年前，母亲张丽雅随父母一起乘远洋轮回故里。那天，船航行在公海上，突然遇到了强台风，船长为了能躲避台风，把船驶向海中的一座小岛。不曾想就在船将要靠近小岛的一刹那，船长惊奇地发现船上的导航系统失灵，船被一股巨大的吸力操纵着在海面上打起了转，还没等大家反应过来，船体就倾覆了。张丽雅当时正在船檐上看风景，在沉船前的一瞬间，她被抛入了海中，求生的本能促使她拼命向小岛游去，终于战胜了沉船所产生的巨大吸力游上了小岛。

脱险后张丽雅面对着茫茫大海是叫天天不应，叫地地不灵。哭累后，张丽雅从沙地上爬了起来，向岛内走去，终于发现了一个小山洞。张丽雅小心翼翼地向洞里走去，这是一个约有十来平方米的洞穴，奇的是里面有干草铺就的一张地铺，上面还有两个山果，张丽雅也不顾这些，走上前去，把两个山果给吃了，随即瘫倒在地铺上睡着了。

那山洞中其实也生活着一个人，这时他刚好在外面找食物，当他看见张丽雅所乘的船经过小岛，原想自己有救了，但那船和自己多年前遇险时一样，开始在海面上打起了转随后就沉没了，这才无奈地进入了树林中。

当他从树林中采了野果回到山洞时，惊喜地发现，自己的床上睡了一名少女，知道一定是从遇难船上逃生出来的。于是也没有惊醒张丽雅，只是坐在那儿静静地等。

也不知过了多久，张丽雅从睡梦中醒来，睁开双眼，突然发现自己跟前坐着一个怪物，吓得尖叫起来。那怪物开口了："你，我…也是…人，你是…

从那船…上来…的…吧?”好多年没和人说过话了，说起来有点结巴。张丽雅听到他是个人，心定了一点，仔细打量起来，确实是个人，只是满头的长发凌乱，满脸又是络腮胡子，把个脸都给遮了起来，样子是很吓人。张丽雅点了点头说：“我是从那船上逃出来的，你是怎么到这个岛上来的?”那人说：“好…多年…以前，我还是…个船员，那次…我的船…经过这里，不…知什么原因，就和你…的船一样…沉了，我好…不容易…逃到了岛上。”“我叫张丽雅，你叫什么名字呢?”张丽雅自我介绍说，“我叫嵇惠来”“这岛上还有其他人吗?”“没有。”“这么多年来，你是靠什么过日子的?”“果子，还有鱼，岛的中间有一处泉水。”张丽雅明白了，就是那些淡水维持着嵇惠来的生命，看来自己要想多活几天，也只有靠嵇惠来的帮助了，于是，张丽雅说：“嵇惠来，今后我们一起生活在岛上，你得帮助我。”嵇惠来点了下头。

开始时两人还各人睡一张地铺，但随着时间的推移，两人渐渐地睡到了一起。孤岛的生活是艰苦的，每天两人都为填饱肚子而忙碌，嵇惠来是个没有心计的人，而张丽雅却很会打算，她把能贮藏的食物放在洞里干燥的地方，以防没有食物时用，张丽雅还用树皮和树藤一起制成衣服，这样冬天也不至于受冻。

当又一个春暖花开的季节，张丽雅在孤岛上生下了一个小男孩，张丽雅为他取了嵇泉宝的名字。在孤岛上能有这样的经历，也算是一个奇迹，其实那时，从张丽雅的估计中，嵇惠来已年近六旬了。就在那一年的秋天，嵇惠来终于病倒了，在嵇惠来临终时，他向张丽雅说出了心中的一件事，他说：“丽雅，在岛的另一边的树林中有一块牌子，下面有好多好多的金银珠宝，如果有一天你能出去，你带上一点，也好抚养孩子。”嵇惠来交待完后，没过三天就死了，张丽雅忍痛把嵇惠来埋了。

在以后的日子里，张丽雅更加艰辛了，一方面要照顾孩子，另一方面还要找食物，好在这岛上没有野兽，张丽雅能放心地找食物。也在这一年，张丽雅找到了那藏宝地，把宝物一点一点地运到了山洞中，并把它们埋了起来。

当嵇泉宝长到五岁那年，正好有一海轮经过孤岛，张丽雅在海滩上跑动着求救，终于船员发现了她，船长知道此处很怪的，有点像“魔鬼三角洲”，于是将船小心翼翼地绕着向小岛靠近，张丽雅和她的儿子嵇泉宝获得了解救。张丽雅本想把珠宝都带走的，可考虑到这样很危险，也就只带了几块金子，随后就是靠着它，租了房，抚养起儿子嵇泉宝来。

转眼二十年过去了，嵇泉宝已长成了大小伙子，张丽雅也已年过半百。这天，嵇泉宝突然向母亲提出要去那孤岛探宝。张丽雅知道，那些宝物是诱人的，但那风云多变的大海更可怕。于是，张丽雅苦口婆心地劝嵇泉宝打消探宝的念头，嵇泉宝一看明的不行，就来暗的。他首先到了海滨，找到停泊在那儿的海船，上去向船长要求要做一名海员，由于他身体好，很快他就成为了一名海员，他在海轮上，勤勤恳恳工作，十年后被破例升为船长。

身为船长的嵇泉宝心情激动极了，这与他的探宝计划已只有一步之遥了。巧的是就在升为船长不到半年后，他就接到任务，要出海了，这次所要经过的正是他多年来做梦也想去的地方。海轮航行了多日后，孤岛的影子终于出现在嵇泉宝的望远镜中，嵇泉宝命令舵手向孤岛驶去。由于没有经验，就在海轮将近孤岛的一瞬间，历史重演了，海轮打起了转，嵇泉宝情急之中抓起一个救生圈，跳入海中，向岛游去，也就在他爬上海滩的同时，海轮沉没了。

凭着记忆，嵇泉宝找到了财宝，高兴欢呼好一阵子，慢慢冷静下来后开始面对现实，经过这么多年的变迁，岛上变得荒芜了，几天下来都没有找到食物，精疲力竭的他坐在那堆财宝中渐渐失去知觉。

张丽雅听到海轮出事的消息，是在一个月后的事了。当时，那海轮公司告诉她，船是在孤岛附近沉没了，张丽雅听后一下就昏了过去。醒来后的她心里明白，那一定是儿子为了财宝才出的事。在悲伤的同时，张丽雅向公司提出，要随公司的救难船同去孤岛一趟，公司经理同意了。

那一天，张丽雅随海轮一同出发了。在船将近岛时，老船长将船绕着S形，避开那危险的干扰，慢慢地把船靠上了岛。

张丽雅带着大家熟悉地走到了自己生活多年的山洞。在洞中，张丽雅看到了一具已经腐烂的尸体，不用说，那一定是自己的儿子，张丽雅伤心欲绝，在大伙的劝导下，张丽雅才止住了哭泣，大伙把嵇泉宝的尸体抬出洞埋了，张丽雅从洞中的宝物中取出一颗最大的、带着五彩光环的宝珠一起埋进了儿子的墓中。

随后，张丽雅平静地把那一堆宝物装进了袋子，和大伙一同上了船，当船驶进深海时，张丽雅带着那袋宝物一起跳进了海中。

偷个瞎娘

阿贵来到这个城市已经好多日子了，还没有找到一份能赚钱的工作，身上带的钱已到了极限的地步，总得想个方法来维持生机。正当职业找不到，那就做别的，人家白天上班干活，我晚上行事。在百般无奈之际，阿贵想到了做小偷。

虽说是下了十二分的决心，但到了真正想下手的时候，阿贵还是忐忑不安。走在街上，看到每一双眼都感觉人家已看出了自己的企图，像是脸上已写上了“小偷”的字样。

终于盼到了天黑下来，阿贵把白天看好的地形再想了一遍，认为是万无一失了，这才飞快地跑进了一条小巷。

这是一条没有改造过的老街，现在住的人家也不多，正适合自己下手。阿贵看准了一个小院，翻过围墙进了院，轻手轻脚地来到门前，试着用手轻推了一下，不想门没上锁。只听得“吱呀”一声，门露出一条缝。就在这同时，一个声音传了出来。

“是你吗？我的真儿。”阿贵吓得一身冷汗，待在那里，一动也不敢动。

“我知道是你，娘等你两年了，我知道你会回来的，怎么还不走进来。”

缓过神来后，阿贵首先想到的就是要早点离开是非之地。转身往外走了几步时，屋里又说话了：“娘就你一个儿子，这两年来，我一直为你留着门，盼你早点回来，人家背底里说你的坏话，说你在外专做坏事，被公安抓去了，娘不信，我知道你有苦衷的。自你失踪后，娘的眼睛也哭瞎了，现在什么也看不见，生活上很不方便，你回来了就好。”

听了这话，阿贵的心定了下来。还好，是个盼儿心切的母亲，而且眼睛看不见，因此也就打消了马上离开的想法。

“真儿，进门再说吧。”老太又说话了，阿贵这回听了老太的话，真的推门进去了。

“灯在门背后，你是知道的。”阿贵摸到门后的拉线，灯亮了。这是一座老式的木结构房屋，阿贵处的位子是中堂，里面只有一张八仙桌及几条长凳。声音又传了出来，是从东边的卧室里传出的。“我不知道你今天会回来，也没留饭菜，西间的床底下有方便面，你将就着填填肚子吧。”老半天没有吃东西了，肚子真的很饿，两包面三下五除二就下了肚。“真儿，你也累了一天了，还是早点休息吧，有事我们明天再说。”

阿贵想，反正自己也没个落脚点，现在有吃有住也很好，再说老太把自己认作是她的儿子了，也没人会说自己是个小偷的，大不了明天走人。想罢就心安理得地往床上一横，不一会儿就响起了鼾声。

第二天，当阿贵睁开眼睛时，看到一个清瘦的老太坐在自己的床前。老太听到响声，知道阿贵醒了，忙说：“真儿，早饭已经准备好了，你将就着吃吧，饭后陪我出去走走，我有一段时间没有出去走动了。”

阿贵自己也说不清为什么，看到老太就感到十分的亲切，原想一走了事的，现在看到老人后心中就有了留下的感觉。早饭后，阿贵陪着老太到附近的商场、公园转了起来，老太一路上有说有笑的，阿贵也很开心，这是他来这个城市后最开心的时刻。

中午，两人在小饭店里吃了顿便饭。饭后，阿贵憋足了劲才说：“大妈，其实我不是你的真儿，我是想……”老太笑着打断了他的话，“不要解释什么了，那时候来我家，一定是有难事，你能留到现在，我就知道你的骨子里并不坏。我家老头子在世的时候嫌我没给他留下香火，我一直想认一个干儿子，你来了，我想就是缘分，就看你同不同意。”

阿贵怎么也想不到会是这样的，问老太怎么会为自己留着门，老太笑着说，“也不是特意为你留的，房子老了门关不上。”阿贵听到这，心中一阵感动，当即半跪在地，亲亲热热地叫了声“妈”。

从此后，阿贵与老太生活在一起，还在老太和邻居的帮助下，找了一份满意的工作。

第三辑

意想不到的生日礼物

意想不到的生日礼物/透眼/烟头

自信/网友/阴乎阳乎/裁判

手机没电了/练摊

开眼活/选举

送你一支玫瑰花/第三者/欢迎小偷光临

……

意想不到的生日礼物

2058年12月19日，终于出太阳了，心情也就好了起来，喝了碗由机器人准备的富营养早餐后，自个儿坐着机器轮椅边晒太阳边等着住在各地的儿孙们前来庆寿。

我的脑子已不太好使了，还是女儿在边上提醒着，我才记起离上次出太阳的日子已有近一个月了，有幸的是自己依然住在孙子所说的乡下，所以也就能感觉到太阳的存在。

老了就常想过去的事情，孙子对这些已不感兴趣了，他对太阳也不那么敏感，已经习惯了这种没有阳光的生活。只有曾孙老围着我，一定要让我说说过去的事情。

想想也是遥远的事情了，小时候，乡村边的那条小河清澈洁净，夏天时就在河里游泳，捉鱼摸虾的，冬天里还能捞起冰块来当棒冰吃。正当我滋滋乐道时，曾孙却不干了，“太公说谎！太公说谎！那有这样的好事，我看到的河水都是黑的，只有自来水才是清的，河里的冰怎么能吃呢，那不是脏死了。”女儿在边上笑了，“爸，你还是说些别的吧，那样的好事现在没人信了，你想我小时候也没享受到这样的美事，到他这辈儿里还不是天方夜谭了。”“可我说的实话啊，小小子不是要听我的童年吗？我依实说了还有错。”“爸，看你急的，说不清的事不说为好，还是说说你当年别的事吧。”

好好好，记得当年我们几个小伙伴经常到村后的竹园里去捉鸟，竹林里的小鸟多得让你不敢相信。一到晚上只听得到处都是鸟鸣声，我们也就穿梭其间，用弹弓打鸟。“真有此事吗?”“当然了，我们整天在那玩，也没玩腻的时候。”“太公真开心，不像我，每天一放学就回家，要想听鸟鸣还得在电脑里找，一点劲儿也没有。”

“唉，不是只有你没劲，我也好久好久没有听到鸟鸣了，要是房前屋后也有几只鸟儿就好了。

正当我们陷入沉默之际，外孙开着车来了，他兴奋地告诉我，说带来一件意想不到的礼物，让我猜猜是什么？我说是一个最新型的智能机器人，外孙说不是，是他刚从宠物市场上竞拍来的，是个活的东西。不会是猫和狗，再一想不会，因为市场上买一个机器狗也很便宜的，我就没去猜。

看我懒得去猜，外孙立马打开后备箱，从中取出一只精制的笼子，提到我面前一看，我差点没笑背过气，你道是什么，原来是儿时常在棉絮里做窝的老鼠，现在已稀罕得要靠竞拍才能得到。

看着外孙及曾孙他们的兴奋样，我的心一点点寒去，到这时才明白读书时，老师一直在强调“人类是地球的主宰”这句话的含义。

透眼

真一大早起床就感到不对劲，周围的事物就象是变了样似的，看上去是那么的别扭和古怪。真习惯性地用手揉了一下双眼，睁眼再细看，惊奇地发现，自己的双眼竟能洞察到墙外的东西——一条黑色的母狗。

真一下子蹦得老高，吹了声很响的口哨，飞奔出门，门外正是自家的那条黑色的母狗，它正蹲伏在墙边。然而仅几秒钟光景，真又看到了狗的内脏，惊呆了，用手掩住了双眼，好一阵才把手慢慢地移开，当目光再次靠近那狗时，只见狗肚中清清楚楚地蠕动着五个红色的小肉球，真清楚那分明是母狗肚中的小狗崽。真立在那儿好一会，脑子里飞快地展现着刚才的一幕，真肯定自己拥有了世界上独一无二的透眼。

真已在许多人和动物身上试过了那神奇的透眼了。与其说是试，不如说是用了，人总不能成天闭着双眼充当瞎子吧。而真正第一次让真的透眼派上用场并带来可观的经济效益那还是在一个星期后的事了。

那天，邻居强带着一个大肚子女人要真帮着看一下怀的是男是女，真只用眼眄了一下，十分肯定地说："是个男的。"于是强给了真一百元钱，连声道谢后领着大肚子女人走了。从此后，一发而不可收，真每天靠透眼进账几张乃至十多张百元大钞，好不得意。但也从那日起，真在晚上睡时总是不踏实，昏昏沉沉之间总觉得有团黑影向自己扑来，惊醒后已是冷汗淋漓，这样反反复复困扰着真的睡眠。

"真有神眼"的消息像阵风似的传遍了本地区。一天，有一记者也得到了这条传奇般的消息，于是马不停蹄地来找真。当时，真正忙着自己那独特的业务，只得约定晚饭时见面。

记者为了能得到这千载难逢的好消息，一直在边上等到吃晚饭时分，这时真也得空了，于是在真的提议下，两人来到真家边的一小饭店内，由真出面叫了几道菜，要了两瓶烈酒，两人对脚板边喝边聊。记者不忘本职，问起了真的透眼之事，不想真趁着酒兴提出要记者和自己各干了一瓶后再谈。可天知道，那记者平时是滴酒不沾的，今天已是开了先河喝了那么一点点了，要是对半开，那不醉死才怪呢。可记者也是个硬汉子，为了本职下了最大的决心，把满满的一杯酒一下子灌进了肚，真在边上看得清楚，只见那酒在记者的胃里翻腾起来，混着食物和胃液一个劲地要往上冲，在胃的贲门口被主人的强烈意识所压下的一股子气给挡住了。真明白，今天记者是豁出来了，很是佩服。于是在敬佩之余大谈起透眼之事，随着纷飞的唾沫，台上的一瓶多一点烈酒也灌下了肚。真透过那蒙眬的醉眼却看不清记者身体内的东西了，真想那一定是酒的作用，也没放在心上，记者在临分手时劝诫真要用透眼帮人看病造福人类，而不能用那去辨男女性别害子孙。真借着酒力拍着胸脯向记者保证今后一定帮人看病，解人痛苦。

这一晚，真像死猪一般，睡得很死很死。

第二天，真醒来，睁开眼，习惯性地朝墙望去，惊叫起来。自己的眼睛已不能看到墙外的东西，忙翻下床仅穿着裤衩奔到门外，只见那黑色的母狗依然伏在那里，只是自己再无法看到那狗肚中蠕动的小生命了。

真恨起了自己，没有抓住大好时机，用那透眼为人解难，也恨上苍和他开如此天大的玩笑。

真在极度失望之际，发出了一声长叹。

烟头

李是个烟鬼，这是在仁仁集团中出了名的。就因为他是烟鬼，所以他成了下岗的对象。李对此也一直心里有气，这不，自从下岗后，他把烟都给戒掉了。要是放在平常，那也不过是个自欺欺人的游戏罢了，戒烟的次数李自己也无法计算了，每次总以抽最后一支来告慰自己，然而最后一支却是没有底的，这与“明天”的意思很为相近。明日复明日，最后一支的后面还有最后一支，戒烟成了李的口头禅，戒烟问题也成了他与老婆意见分歧的重要方面。

这次，在无任何压力下，一下子把烟给戒了，这倒把老婆给吓了一大跳，细细盘问着李到底哪儿不舒服？是不是病了？把个李问得“丈二和尚摸不着头脑”，以前常逼着自己戒烟的老婆，在自己戒掉烟后反而担心起自己来。李感动极了，主动把家务都揽了过来，本来自己就没事干，这样还能好过些。这一切让他老婆也感动极了，夫妻两人的感情一下融洽了许多。

李除了有吸烟的爱好外，确是一个勤勤恳恳的老实人，在单位时，是什么活都干，所在的车间也因有了这样一个人，年年被评为先进车间；有了这样一个拿得出的车间，仁仁集团也就年年被上级评为先进。像这样一个先进车间里的老实人，谁都不会想到要他下岗的。然而事情却发生在他的身上，怎么说呢？

那是一次上级来检查卫生，李的车间理当是检查的重点。检查的前一天，李和车间所有的人一起把所有的机器都擦了一遍又一遍，生怕哪位领导要用白手帕去拭一下出洋相，等他们把一切都弄好后，董事长当晚先来检查了一遍，一切都满意，大伙放心了。

可第二天检查团来后，洋相马上就出了。原来，在车间的地上躺着一只烟头。仁仁集团早已是无烟单位，而李的车间又是禁烟火的，检查团二话没说调头就走了，本来早就安排好的日程中还得在集团吃饭的，现在一切都黄了，董事长气不打一处来。李是烟鬼，这烟头肯定是李的杰作，也不管是有意还是无意，李当场就被下了岗。

李自己也不知是怎样回的家，只是李不明白自己怎么会这么不小心，把烟头随手丢在了地上，以前自己都是把它放在自己的水杯中的。也不管李是怎样的心情，只是挨了批后，还得把烟头清出自己的车间，当他把烟头捡起时，他的脸色显得很难看，因为那烟头上的商标是中华牌的。

自信

林与华今年都是二十五岁，两人又是邻居，从小两人就是青梅竹马，一同上小学，一同上中学，现在又是在同一个单位。林是一个英俊的小伙，而华是一个美丽动人的姑娘。两人在一起，正是天生一双，地长一对，就连他们的父母都认为，林与华是命中注定的一对佳人。在两个青年人的心中也是这样认为，只是双方都没说破而已。

林在同事中是既能干又好交，每当华不在时，同事们就会和他开玩笑，问林几时能吃上他和华的喜糖？林则总是笑笑答道，快哉快哉。心里也是巴望着早一点和华敲定关系。可在同事面前大大咧咧的林，在华的面前却总是少了一分潇洒。两小无猜的时代已远离了自己，每次总是欲说却罢。

华是个文静的女孩，自懂事起就很少和人乱说话，只是心中的思恋却同林一样，虽然，每次林走过自己的身边，总喜欢多看上几眼，但就是到了关键的时候却不肯说出自己的心事。

同单位有个强，强与林是好朋友，强看着林与华的尴尬局面，觉得自己应从中帮上一点忙。于是，强找到了林，说自己要追求华，林不屑一顾地告诉强，华的心都是自己的，还怕别人抢了去，要追只管追好了。强本意是激将法，不想林却用了如此之招，强立即觉得自己成了林的枪口之鸟，于是强真的开始追求华。

强第一次约华去看电影，华没有同意，因华的心中只有林。强第二次约华去卡拉 OK，华还是没有去，华认为这样会对不起林的。华心里希望林能像强一样来邀请自己，然而，林却一直无动于衷。当强第三次来约华去午餐时，华同意了。就这样，强和华的约会渐渐地多了，关系也日益近乎。同事中有人看出了一点名堂，于是问林，林只说那不过是同事间的友谊罢了。林想着自己和华从小到大的情感，认为华与强只是走走过场，再说，当初强也和自己打过招呼，总不会玩真的。

来年的春节，林意外地发现，华的父母在为华忙乎着嫁妆，林也没问，只是华一次都没和自己说起过几时办喜事，林琢磨着华会和自己商量的，也就没把它放在心上。

春节后第一天上班，林发现自己的办公桌上多了一张红红的请柬，林打开一看，只见那上面写着：“林，正月初十系我与华新婚之日，略备薄酒，敬请光临。强。”林即时就呆了。

网 友

林从莉那里学会了电脑，也从莉那里学会了怎样上网。莉是他的老婆，林也就没花上一分钱的学费。莉是单位的网络工程师，对于网络已是学到了家，因此，在这网络时代，莉的名气就响了出去，在这不算小的A市，莉算得上是一块牌子。

林学会电脑后，马上怂恿着莉，买回了电脑，林只要一下班就一头扎进了网里，没日没夜地浏览、游戏、与人聊天。

开始时，林的聊天还是漫无目的的，只要对方显示的是中文，他就能与他聊，聊的内容也是各不相同的，从男人关注的足球到女人关心的时装，什么都谈，谈得好时，手下流出的都是蜜，谈得不好时，什么脏话都泼入网去，让对方准备着毛巾香皂洗脸洗心。

为了能使别人更容易找到自己，林还为自己起了一个十分好听的名字——王子。确实，这是一个有点创意的名字，好多网民都是冲着这个名字与林聊上半天，或被蜜语灌醉，或被脏话打蒙。然而，这些规律还是被打破了，自从林与一个叫莎莎的网友谈上后，他再也没了别的心思，仅几个回合下来，林就被对方的知识层次和高深的推算能力所折服，大有相见恨晚的感觉。

林告诉莎莎，自己还只是一个学生，不久将踏上社会，自己的前途将是如何的光明……林觉得自己应该要撒些谎，这样能吸引住对方。他的这些想法确实是正确的，当他把自己的情况告诉了莎莎后，她的资料也就展现在林的眼前，她还是个纯情少女，正想结交一位像王子一样的男友。看到这些貌似平常的文字有机结合，把林激动得差点从电脑椅上蹦起来，一种初恋的感觉涌上心头。

从那天后，林在工作之余拚命找寻有关爱情的表达语言，然后通过网络发给了莎莎。林在说尽了这些甜言蜜语后，还迫切要求能见上莎莎一面。开始时，莎莎死活不答应，但随着林的强大攻势，莎莎妥协了，同意与林见上一面。两人说定了，星期五晚上八点在A市最大的公园——开发公园最北端的一条石椅上。

为了能给对方一个好形象，星期五下午，林特地请了假，推说老婆身体不太好需要照顾。而后去理了一个发，买了一束带玫瑰的鲜花。一切准备就绪后，林没忘了给老婆打个电话，他告诉莉，说今天单位要加班，自己得很晚才能回家。林把该做的都做了，这时时间还早着呢，逛马路吧，手里拿着鲜花很是惹眼，万一被熟人看到就不好说了，不如此时就去开发公园，坐在那儿等吧。主意一定，林就乘车去了开发公园。

这开发公园是新近才建成了，那是为了优化投资环境，虽说里面的设施和风景都是一流的，但它与市中心还有很长的距离，所以来此休闲的人也就不多了。

林很快就找到了那张约会的石椅，他用随身带来的报纸仔细地把它擦干净，然后坐在那里等。时间过得很慢，林从开始的坐等到后来干脆躺着等。也不知过去了多长时间，林从睡梦中醒来，天已黑了，忙抬腕一看表，还好，离八点还有十多分钟，林忙起来整了整衣服，提了提精神，正襟危坐等着莎莎的出现。

八点钟到了，林开始向着公园的门口张望，可此时整个公园静静的，什么人也没有。八点十分，林离开了座位，到大门口去等，还是没有人来，一直等到九点，也没见有人影出现。此时林才感到了失望，肚子也饿得咕咕直叫，只得打道回府。不巧的是，此时已没有了公交车，林走了很长一段路才拦到了出租车，回到家中已是十点出头了。

林轻轻地开了门，里面已没了灯光，显然莉已睡了，再一看饭菜放在了桌上。林顾不得洗手就吃了起来，等一碗饭下肚后，林才看清桌上还有一张小纸条。林拿起纸条仔细一看，差点没把他吓晕了，只见那上面写着：

王子，您辛苦了，饭菜在桌上，我在床上，莎莎。

阴乎阳乎

林大爷从医院出来，就觉得浑身上下不对劲。特别是刚才医生的那段话，“你的病吃药也没用，回去后吃好一点，补一点就行了……”还有“想吃什么就吃什么……”这些话意味着什么呢，林大爷越想越后怕，为什么医生没配药给自己，肯定是自己已得了那种神仙也难治愈的恶病。

想到了药，林大爷恨起了医生，“可恶的医生，即使是绝症，你就不能装装样子配些药，也好暖暖心。”

看看时间还早，林大爷也不急于回家，今后还有没有机会上街也说不准，不如趁此机会再逛一次街。当走到一溜儿广告牌前时，看到很多人围在那儿，林大爷按捺不住好奇心凑上前去。原来，那里是有奖募捐活动。

换了平时，林大爷是从不相信那一套的，总认为天上不会掉下钱来，而自己口袋里的钱却是用血汗换来的。今天就不同了，“孔方兄”这玩意儿生不带来，死不带去，不如也买次奖券搏一回。

想到此，林大爷用尽全力硬挤到工作台前，伸手从内衣口袋中取出一叠百元大钞，直着嗓子喊：“同志，我买这些。”看到这情景，工作人员忙劝道，“大爷，这摸奖活动是有一定风险的，您老是否……”还不等工作人员说完，林大爷已开了腔，“这我知道，那就算是捐给你们了。”

说罢，林大爷就要挤出去，工作人员忙叫住，“既然这样，大爷，我把奖券点给您，助个兴吧。”林大爷在工作人员和边上几个热心人的帮助下，一张张地把奖券撕开。突然，一个热心人叫了起来：“一等奖！”这一叫把大伙的目光都吸引了过去。林大爷听后兴奋得手都有点儿发抖了，人似在云中，茫茫然、飘飘然，一种从未有过的激情通向全身，忽然感到自己浑身都是劲，腿也不酸了，头也不疼了，几天来一直感到的胸闷、胸胀也荡然无存，一下子仿佛年轻了许多。

兴奋之余，林大爷猛然想起医生的话，奖也搁着不领了，一路小跑来到医院，找到给他看过病的医生，劈头就嚷，“看你也有一把年纪了，原来也是个庸医，我身体好好的，却说是得了绝症，屁!”“老人家，怎么发这么大的火?”“这要问你?”“问我，我没做什么啊。”“还说没呢，你为什么不给我配药?”“你身上没毛病，吃什么药啊。”“那你怎么叫我吃好一点，想吃什么就吃什么?”“噢，原来这样，我原想借此来分散你的注意力，让你分分心，不想让你想歪了，真是对不起。”听到这，林大爷心中的包袱是落了地，不禁大笑起来，倒把医生给弄得“丈二和尚摸不着头恼”了。这时有个从摸奖现场赶来看热闹的插上一句，“大爷是该得意了，歪打正着，让他拿了个大奖”。

裁　判

二零一八年八月，全国足球超级联赛进入了白热化状态，第一集团的队伍为争得联赛冠军而殊死拚搏，保级大战更是激烈异常。到了这个阶段，最精彩的场面往往发生在保级队伍之中，以往多年的经验告诉我们，保级队伍此时的神勇是任何一支世界顶级强队所不能比拟的，一些骄人成绩也在此时产生了。

去年的升班马，神州龙队与东方狮队在联赛开始时牛了一回后，很快就做了甲 A 队伍中的龙尾，到此时，他们才如梦初醒，发起了神威。星期天，两支保级队将在龙队主场上演一出龙狮斗。

为了能争得这保贵的三分，两队在加强队员训练的同时，还发挥各方面的活动能力。龙队凭借着主场之利，在报刊上大力宣扬自己必胜，想给狮队在精神上造成压力；狮队也不示弱，他们组织了强大的啦啦队，不惜代价，买下了龙队主场几个显著位子，形成强劲的声援力量。

报刊的记者有着他们敏锐的目光，从他们的文字中也能看出，两队对裁判已有了特殊的关照。确实，裁判是个决定胜负的重要因素，你个人突破射门，我可以吹你越位在先；你门前乘乱顶球入网，我可以吹你进球无效，凡此种种充分表明，裁判手中的生杀大权有多重要。

经过一个星期的准备后，两队终于同时出现在龙队的主场上，一时场上锣鼓喧天，拉拉队员卖力地为主队加油鼓劲。细心的观众看到，主裁在出场时，特地向两队的教练席深深地鞠了一个躬，双方教练也都心领神会地还了注目礼，这在以往的比赛中是看不到的。记者们忙打听着主裁的姓名，这张陌生的脸还是第一次出现在甲 A 的比赛场上。

比赛正式开始，两队你争我夺，誓死要拿下这三分。然而比赛虽然激烈，场面也很火爆，就是临门一脚太臭，九十分钟下来，两队一个球也没进，倒是各有一名队员被红牌罚下了场。

各得一分的成绩令两队都不满意，于是两教练同时把矛头指向了主裁判。在比赛后的新闻发布会上，狮队的主教练在高度评价了自己队员的勇猛后，说主裁判明显偏着主队，要不是裁判的因素，自己的队员定能在客场全取三分。

龙队的主教练很不耐烦地听完狮队主教练的话后，大发脾气道，亏得客队还有脸说，自己虽是在主场，但主裁的表现使自己的队伍比客场还不如，也不知裁判安的是什么心，这么偏袒客队。说到这里时，龙队的主教练特意停顿下来，让记者们好开动脑子去想其中的奥妙。

就在这时，主裁判也来到了新闻发布会现场，他什么也没说，只是给足球官员一张碟片，那官员把它放到机子后，整场比赛的判罚片段都出现在众记者的面前。更让他们吃惊的是，在那些场面后还有两队人员向主裁送礼的全过程，两位主教练坐不下去了，他们没想到有人偷拍了这些阴暗世界的东西，乘着大家都注视着录像之机，偷偷地溜出了发布中心。

等播放结束后，那官员才说，今天担任这场比赛的是由电脑专家研制出的机器人，他百分之百执行足协所规定的一切规程，这样的裁判还不公平，那还有谁公平呢。全场爆发出一阵热烈的掌声，闪光灯一齐射向了裁判。

手机没电了

小赵是个节约人，那天下午，他到市里去送一份材料，为了节省几块钱就乘了公交车。车到半途时，手机响了，小赵掏出手机正准备接，不想手机却没了声音，一看才发现，原来手机没电了。现在的手机说没电就没电，身上也没带备用电池，车里又没有熟悉人，于是只得心急如焚地等着车子到站。

不巧的是，刚才光顾着接电话，也没看到是谁打的，上班时间来电，十有八九是领导打来的。下车后，小赵直奔公用电话而去，拿起电话就打给领导，才响了两下就被领导给掐了。一定是领导看到是陌生电话才不接的，于是又按下了重拨键，还是响了两下就被掐了。不死心，小赵又按重拨，这回终于听到了领导压着嗓门，“谁啊?”“我是小赵啊，刚才手机没电了，领导找我有事吧?”“你有毛病啊！谁给你打电话了，我在市里开会，回来找你算账。”随后就没了声音。听领导这么一说，小赵才想起，今天是市长召集相关部门负责人开个小型会议，而领导的手机铃声是很激昂的进行曲，看来这个祸是闯大了。

小赵呆了一下，不是领导打的，会不会是同事呢。这次他学乖了，并没打他们的手机，而是打了办公室电话。好半天才有人来接电话，同事一听是小赵的声音，很不耐烦地说，你小子真是的，我们好不容易盼到领导出去开会，几个人聚在一起玩会牌，有什么屁快点放，他们三个还在等我打牌呢。小赵来气了，你们先打我的电话，我才跑到公用电话处来回电，真是的！那边传来了一声大吼，刚才谁给小赵打电话了，“没人打你电话，我得玩牌了。”同事把电话给挂了。

这就怪了，领导没打，同事也没打，会是谁打的呢，小赵脑子飞快地转了起来，会不会是她。前几天在上班的路上，正好遇上几年未见的同学，那个在学校里被自己追过的校花。看得出，她对自己现在的状况很有好感，还不经意地告诉小赵，前些日子，她正与自己的那个他闹别扭，会不会是她想找自己说说心里话。

想到这，小赵心里一阵喜悦，忙从包里翻出她的电话号码，一个电话打过去，很快就听到了她那糯糯的声音，“喂，你找谁?”“我就找你啊。”“你是谁，我好像不认识你。”“不会吧，你想想，半个小时前你给谁打过电话?”“没有啊，你到底是谁? 不然我可要挂电话了。” “老同学，我是小赵啊!”“噢，是你啊，有事吗?”“我不知道，不是你打我电话的?”“你这人真有趣，我怎么会打你电话呢，该不会是在找借口吧。今天我真的不好意思了，等会我还得与老公一起去商场买东西呢。”小赵一听她提到老公，心里就凉了半截，只得说那就改日吧，随手把电话给挂了。

稀里糊涂地打了一通电话，大家都说没打过，心想只能算了。等小赵办完事回到单位时已接近下班时间了，同事看到他回来就说领导找。小赵知道领导是为什么事找他的，“是祸躲不了”，只得硬着头皮去了领导的办公室，站在那里静静地听完领导的一通训话。

当小赵拖着疲惫的身体回到家门口，老婆开门一看到他，当即就骂开了，你个死货，为什么打你电话也不接，到这时才回来。“是你打的电话?”“不是我是谁啊，本想让你下班路过菜场买几样小菜的，你倒好，非但电话不接，还关了机，真是越来越不像话了!”“我，我，我的手机没电了。”到这时小赵才明白，原来那个电话是老婆大人给他打的。

练摊

高中毕业那年，一身轻松的我有了自己的时间，也可以做自己想做的事情。正好家乡新办了一个毛线厂，急需一批零售人员，我就报了名。

这是我第一份工作，也是第一次走进社会这个大家庭。说是工作也不太确切，因为厂方对我们这批零售人员是不开工资的，我们的收入是销售后的差额，谁销得多，谁的工资就多。我满怀信心，想以自己的能力，这样的一点小事还能办不好，于是领了一大包毛线就出发了。

我先来到了县城，那里人多，生意一定好做。县城对我来说还算是熟悉的，我也知道在什么地方能设摊，只是当时天气很热，我们销毛线算是反季节销售。

等我背着一大包毛线到那儿时，已很难找到一块适合摆摊的地方，好不容易找到了一块约一米见方的空地，我当即把包放了下去。不想那是一条居民进出的通道，本来就很小了，现在被我这么一放，一下子就没了道。

当时我还不知道，等我把毛线翻出来摆开时，有人要进出，我只得卷起一个角让他过去，那人边走边说："你有没有长眼睛，这种地方也要摆，存心捣蛋!"我没有说话，等人过去后又恢复原样。

也不知是地段不好，还是天热的原因，在以后一个多小时中，居然没有一个人对我的毛线感兴趣，倒是我为进进出出的人一直忙着收摊摆摊。

第一笔生意是同一个老大妈做成的，当时她经过我身边时，无意间看到我的毛线摊，脚步停了下来，我听到她在自语："大热天也有毛线卖的。"说罢俯身下来翻着毛线，当她拿起一卷棕黄色的毛线，用手细细在捏着时，我想应该开口了，"老奶奶，这毛线很好的，你穿这样的颜色正合适。""小青年，这颜色并不适合我的，我看给我老头子织件毛衣倒挺好的。"我尴尬地笑了笑，因为我对着装是一窍不通的。“这毛线多少钱一斤?”我心里只记得厂里给我们的价格——每斤十八元，还不知道自己应该开什么价合适。慌乱中，我脱口而出：“我从厂里拿时是十八元一斤，你看该出多少钱?”老大妈好奇地看了看我，“你第一次做生意?”“学校放假，想出来试试。”我老实交待了自己的动机。“这也好，看来我得做成你第一笔生意，这样吧，我给你二十元钱，你说行不行。”“行行，二十就二十。”我一口答应下来，望着老大妈满意而去的身影，我也得意起来，总算开了个好头。

身旁的那个摊主看了我俩的全部过程，笑着对我说：“你这样做生意不赔本才怪呢。”“怎么会呢，我已经赚了她二元钱了。”“你出来的车钱、饭钱呢?”我一听他这么提醒，马上明白过来自己确实做了亏本生意，还好，刚开了个头，生意还在后头。

在没人的时候，我与那人交谈起来，学得了一些生意经，但过于诚实的性格却使我不忍心宰客。在一个假期中，我的销售数量在前十名之内，但我所得到的钱却少得可怜，我心里明白，我根本不是做生意的料。

开眼话

最早时，老街是镇上最热闹的，小商店、缝纫店、铁匠铺等一应齐全，石板铺就的街上常能听到各种叫卖声，很是热闹。随着旅游业的兴起，曾经冷落了一阵子的老街又热闹起来。

街东头有个陈家，祖上就住在这条街上，自家的门面上经营着一个米糕店，这里的居民还没有早起吃面的习惯，米糕成了早点的主食。早上烧点粥，就着米糕，很是实惠。

老街热闹了，陈家又重起炉灶重发糕，经营起了米糕店。生意一火后，就有人在街西头也开出了个米糕店。

陈家特地叫人去做了一面大旗，上书百年老店陈记米糕。街不长，这旗一竖后，效果还真的不错，游客就冲着旗而来，生意依然很火，相比之下，那西头的店就冷清不少。然而吃过两家米糕的人，他们都说西边的米糕又松又软吃口好，有人说东边的陈记米糕是吃饱肚子的，而西边的才是吃着享受的。

听多了闲言碎语，陈家就暗中派人到西边去买了一块米糕，尝过后感觉真的不一样，可任凭做了近一辈子的老陈师傅怎么研究，也看不出有什么地方不一样，一时也想不出个所以然来，只得对着米糕一个劲地摇头。

有一天，西边的米糕店里来了一个小年轻，说想做他们店里的伙计，小伙子说了，工资多少不在乎，学点技术，以后回老家也开个米糕店。老板看小伙很实在，就收下了他。

老街的房子都是三进头的，老街上的店面基本上都是前店后加工的。开始时，小伙被派在前台负责卖米糕，一段时间后，老板看他年青力壮的，就叫他到后面帮手。小伙是个勤快人，看得出风云气色，凡事都做得恰到好处，因此老板很是看重。

做米糕前道工序要很细心的，蒸白糕是直接把糖水和到米粉里的，而蒸红糕时，还得多一个炒糖色。把绵白糖放入铁锅里，加入适量的水，一个人烧火，一个人上灶炒。经过一段时间后，那些原本无色的糖水就会变得越来越稠，颜色也越来越深，最后完全变成了暗红色。

这个过程说起来简单，真正做起来却很难，在变色过程中，随时都得留心，起锅早了颜色就淡了，起不到上色的作用；起锅晚了糖就会焦，蒸出来的糕也会有一股子焦味不好吃。这时，师傅上灶，小伙负责烧火，小伙是一边烧火一边看，师傅也不多说话，一门心思放在炒糖色上。

炒好糖色就得和粉了。把粳米粉与糯米粉按着比例混合后，再加入适量的水，用手使劲地搓揉，这个过程师傅也是允许小伙在边上的，因为自己的双手上沾着粉，加糖水的活就由小伙来完成。等一切都停当了，师傅就会叫小伙去烧水，自己端着一盘和好的粉到里间去上蒸。上好蒸，水也烧开了，一通旺火后，蒸上满是热气，这时师傅就会说好了。随即与小伙一起从蒸中把米糕翻出来一看，米糕是又松又软。

每天都要做糕，小伙是每天都看在眼里，只有上蒸那个步骤一直看不到。于是有一天，他算准了时间，假装是去叫师傅，推门进了那个房间，师傅一愣，随后就像是什么事都没发生一样，各忙各的活。

当晚，师傅就把小伙叫到了身边说，我的手艺你都学到了手，明天你可以走了。小伙说我还没学到什么呢？“这做米糕本来就是开眼活，你既然已经看到了，那就到此为止了，当年我也是这样学得手艺的。”

小伙离开西店后径直走向了东店，进门后对着陈老板叫起了爹，陈老板忙问手艺学到了没有，小伙摇摇头说，也没看清楚，不过这样的开眼活我能搞定。

随后，陈记米糕店就换了新老板，也就是那个去西店偷学手艺的小陈。第二天当晚，小陈请来了一条街的老板，当然也包括自己的师傅——西店的老板。他师傅没想到会是这样，开始还恨小陈的，可随后听了小陈的想法后，他也不住地点头。

第二天，老街的东西两头都换上了新旗，一样是百年老店——陈记连锁店。成为了连锁店后，两家把原来的作坊合并成了加工厂，大家劲往一处使后，生意不仅没有淡下来，还比从前更旺了。

看到这样的场面，老陈家自然欢喜，小陈的师傅也是高兴，一高兴就与小陈一起喝酒，两杯酒下肚后，西店师傅就说开了，“当时就担心会有人来偷艺，所以特地辟了一间用来装蒸的，想不到还是让你给偷看了去，这蒸糕可是开眼活，一看就明白。当时我就担心你是东店派来的，把你放到门面上就是想让街上人认认的，见没人认得你，我也就放心了。”“不瞒师傅，我打小在外面读书，老街上的人家几乎都搬出去了，现在来的都是游客，自然就不认得了。”“也是，不过这样就更好了，我们合作了，生意就更好了。”“其实，那天我真的什么也没看到。”“什么，你没看到，不会吧?”“真的，我只看到你拿着筷子愣在那里，其他什么也没有看到。”“噢！是这样的啊，我只当你都看到了。”“那筷子派什么用场的?”“这糕松不松就是在这筷子上，我是边把和好的粉上蒸，边用筷子打上了一些小洞，米糕出笼后也就松软了。”“原来是如此啊！师傅，我服你了！”

选 举

李做湖泾村村长已有不少的年头了，要说这村长也不算是个官，但在小乡村里却是个十分吃香的角色，有句话说得好“县官不如现管”，现在李就有这样的感受。

小乡村里已无工厂，所以书记的席位也就空设了，李是湖泾村最有权威的人士。可惜李的年纪已经大了，按城里的标准已到了该退休的时候。在临近换届选举时，镇上动员他退居二线在家享清福。李对此心里着实不是滋味，自己并未犯错误，虽说平时香烟老酒是吃集体的，那也是为了工作的需要。村里之所以一直打着穷牌子，那是为了能节约开支不得已才想出的点子。其实，没有了企业，村里倒是既无外债又无内债，小日子过得也红火，可现在要从位子上下来，脑子就是转不过弯来。得，还是在选举上下下工夫，看能不能再干几年。

经过镇上的研究，产生了二位候选人张、苏，加上李，共有三人竞选村长这一湖泾村最高的权力。张、苏都是小青年，也可以说是李一手培养出来的，在李的眼里，二位青年都有一定的能力，特别是在社交上，两人都有天分，这不，上级一来，两人就施展各自的特长，把自己推荐给了领导，成为了新一代村长的候选人。

李并不放心把自己的权交给他们俩，更希望自己能再次连任，因此，李破天荒地找到了两位青年的家中，把自己的想法告诉了他们，希望他们能在选举时带头选他。这种方法李在以前也用过，那在乡村中是很管用的，只要两青年出面投了自己的票，那村长的位子又是自己的。当一切都就绪后，李放心地回了家。

选举在镇特派员的监督下正式开始了，大伙都踊跃投了票。按惯例，选举是要唱票的，但为了节省时间，工作人员只是把相同的票放在一起，点清后才给公布：湖泾村共有选民五百八十二人，其中有效票数为五百八十张，张得票四百七十九张；苏得票一百张；李得票一张，按选举结果，张当选为湖泾村村长。随着一阵稀稀拉拉的掌声，选举到此结束。为了感谢上级领导的支持，张出面请领导吃便饭，当然，李和苏也在其中。

所谓的便饭，其实也很丰盛，本来就是有准备的。大伙不免要向张表示祝贺，经过一阵酒文化交流后，张带着七分的醉意，特地走到李的身边，把嘴凑到李的耳边，对李说：“大叔，我可是没有食言，投了你一票，不然那就很为难你了。”李没有说话，只是脸色变得很难看。这时，苏也拿着酒杯来到李的身边，轻声地说：“李大叔，我这人没有号召力，但我自己是投了你的票。”李什么也没说，默默地走出了小饭店，李的心里明白，自己在选票上画得是自己。

几天后，张宣布，苏当选为副村长，负责副业工作，从此两人同进同出，亲如兄弟般。再后来，村里有了贷款，李在消沉了一阵后，也放下了包袱，每天出入于村老年活动室，只是每当人们提到两位村长时，李才会叹息道：“现在的青年，厉害！”

送你一支玫瑰花

强强与林娟是第一个入住玉石小区的，为了这套房子，他们把婚期一推再推，等了将近两年的时间，现在总算是了了心愿。

强强在单位中大小也算是个官，收入自然不菲，因此小两口在婚前就商量好，结婚后林娟就在家待着做全职太太，这样的生活还算是舒适的。每天强强一到家总能感受到家的温馨。

这天，强强回家后，无意间看到餐桌上多了一个花瓶，瓶中插着一支艳丽的玫瑰花，强强也没说什么，以为是林娟为了制造环境才增添的。然而从那天开始，餐桌上的玫瑰花一天天地增多，细心的强强仔细一算，正好是每天一支。

要是别的花也就算了，这玫瑰有它独特的意义，而且随着花的出现，林娟对自己的态度也在变，以往自己回家来，她总是等在门边，有时还会迎出来，可自从有了玫瑰花后，林娟对他不冷不热的，一定是花里面有文章。

强强装着无意间对林娟说，这些花真好看，你买的吧。林娟本来就有气，听强强这么一说，没好气地说，你的花还问我。强强被她这么一说，是“丈二和尚摸不着头脑”，忙问是怎么一回事，林娟从边上的抽屉里拿出一叠小纸片，掷到强强的面前。强强拿起其中的一张一看，只见上面写着：亲爱的，我想你。字很秀气，一定是出自女人之手，强强知道这不是林娟的笔迹，但那上面没有落款。会是谁呢？看着林娟疑惑的表情，强强有点为难，会不会是单位的同事，那不可能，要是她们，即使有什么想法，也会用别的方法的，不会把花直接送到家的。那会不会是以前的女友，想到以前的女友，强强的脸上泛起了红光。

本来，一个人待在家里已感到无聊，所以想得也很多，这些天来，每天有个漂亮美眉送花来，而且还说明是送给她男人的，你说气人不气人。再看强强，装着一点事也没有的样子，更是让她来气。原本以为强强是为自己好，让自己待在家里享清福，原来他是另有打算，好让他能在外面自由自在。林娟越想越气，追问起强强到底是谁送的，强强自然是一口否认，两人为了玫瑰大吵一场。林娟当晚就气呼呼地回了娘家，强强也是想了一晚，打了半宿的电话，曾经相识的人都打了，可没人送过花，这让强强很无奈。

第二天上班后，强强也没了心情，想想老婆还在气头上，得解释才行，所以早早地就下了班，特地买上了许多的礼品，上丈母娘家请林娟。在好说歹说后，林娟才同意回家。在丈母娘家吃过晚饭，俩人乘车回到家中，强强把钥匙插进锁孔时，门却开了。一股不祥之兆掠过心头，忙奔进门一看，地上一片狼藉，显然是遭窃了，强强立即报了警。

林娟进房后，首先看到了餐桌上有一张纸，拿起一看，只见上面写着：亲爱的，我想的不是你的人，而是你的东西。

第三者

星期六，宏安从床上起来已是早晨八点了，他迅速地穿好衣裤，习惯地把手插进裤子口袋中，瞬间，宏安的身子凝固住了，口袋中什么也没有了。宏安清楚口袋中本应有什么东西的，因为昨天他刚从邮局领了两千元的稿费，直接放在裤子口袋中的，昨晚睡时还在，不想现在却没有了。

宏安向来是尊重妻子芳的，他总认为男人与女人较劲没出息，即使被人笑为“妻管严”也没什么大不了，钱财本来就是身外之物，芳要管理钱财，自己不就落得自由。

宏安在单位是搞创作的，前一阶段他创作了一个中篇小说，在省级刊物上发表了，宏安计算着稿费，决定破例向妻子申请，用那稿费买一个相机镜头，也好在摄影方面有个突破。别看芳平时对经济宏观调控，但在实际问题上还是网开一面的，一下子同意了宏安的请求，并说那稿费今后可自行处理，不必再作申请了，当然前提是，得用在正道上。宏安好不开心，把妻子抱起原地转了三圈，把自己和妻子转得头发晕、眼发花。

现在，口袋中的钱已经没有了，宏安感到不是个滋味，明明说好的事，到实施时却又变卦。想着想着，心里就来气，于是干坐着等妻子回家来。

芳可算得上是个贤慧女人了，一大早她也没惊醒宏安就起了床，做好早饭后就上了街。本来嘛，今天是双休，芳想宏安搞创作需要多补充营养，于是特地买了两盒西洋参回来。

进屋后，芳就感到气氛有点不对劲，宏安的脸色也特难看。芳还是主动地打着招呼，“安，你起来了。”芳边说边走到宏安的面前。宏安没有回答，芳推了宏安一下，“到底怎么了？看我给你买了什么？”宏安看到芳手中的西洋参，心里明白，那还不是自己的稿费，开门见山吧，宏安说：“芳，昨天我放在口袋中的两千元稿费你拿了没有?”芳一愣，反问道：“怎么，稿费寄来了?”宏安心想，这女人还真行，拿了钱还装傻。“昨天刚收到的，就放在裤子口袋中，现在没有了。”芳不明白这其中的事，自己又没拿，于是坚决否认。就这样，二人一个认定了是妻子所拿，一个死活不承认，本想快快乐乐过双休的，现在却变成了两冤家。芳受了一肚子的委屈回娘家去了，宏安则一个人坐在客厅中生闷气。

事情也巧，就在两人闹别扭的第二天，公安民警来找宏安。原来，宏安住在二楼，昨天凌晨二点左右，正好有个小偷光顾了他家，小偷从下水管爬到他家的阳台，用镙丝刀把铝合金门打开后，趁着夫妻俩熟睡之机，摸走了口袋中的钱，随后又原路返回，没留下一点儿痕迹。有幸的时，那小偷在今天凌晨作案时，进错了人家，被逮住了。

听了民警的一番话，宏安再也坐不住了，飞似的骑上自己的“老坦克”到了丈人家，一千个不对，一万个不是地向芳求饶，把在场的两老也逗笑了，气氛一下缓和了。

回家的路上，宏安向芳说了事情的经过，芳得意地说：“经济大权看来还是不能放。”

宏安家的铝合金门重新加固了，宏安也就这样的经历写了一篇《谨防第三者》的叙事散文，不久在当地报纸上发表了，后来还被大报转载。

欢迎小偷光临

鹿城苑自开工建设起就成了新闻媒体关注的热点，虽说设计与建设者们都是在低调中开展着工作，但明眼人一看就知道，这次的建设单位中，多了个科技局，其中必定有原因的。

本市的资深老记为了能在第一时间内摸透鹿城苑的秘密，找到科技局的刘局长。阿吉的面子谁也不会薄的，因为大家都知道他手上那支笔的厉害，刘局长特地腾出时间来接待阿吉。

虽说刘局长道出了鹿城苑的一些与众不同之处，可见多识广的阿吉听后还是感到有点像是天方夜谭。刘局长看着阿吉一脸雾水的样子，知道阿吉在想什么，于是要阿吉在鹿城苑建成投入运作后，到现场感受一下，然后再作报道。

长话短说，鹿城苑在建设者的日夜奋战下，终于揭开了神秘的面纱，刘局长也没失约，在剪彩的前一天打电话给阿吉，让他到鹿城苑去实地参观体验一下。

阿吉接到电话后背起采访包来到鹿城苑，到大门口一个保安也没有，正纳闷之际，只见门上的电子屏上打出一行大字："鹿城苑欢迎您的到来，请随便参观。"阿吉充满着好奇心进入了大院。这里的建筑古色古香，仿佛给人以一种回到自然的感觉，这让在城市中生活的阿吉心情一下轻松了不少。

阿吉走进其中的一套房子，大门就自动开启了，同时里面传出了"欢迎光临，请多指教"的声音，阿吉才踏进门，里面的机器手就帮他把采访包给接了过去，挂到了墙上，与此同时，已有机器自动为他的鞋子、衣服除尘、上光，桌上也已多了一杯冒着热气的香茶。阿吉才坐下来，椅子就像是一个高级按摩师一样，为他做起了全身按摩。特别让阿吉意想不到的是，那椅子像是有灵性的一样，知道阿吉是搞文字工作的，十分注重对他的头部和肩背部的按摩。享受过特殊服务后，阿吉又到几个房间里转了转，同样享受到贵宾般的服务，能享受到如此的待遇，阿吉的心里已多了一份遐想，自己能拥有这样一套房子，该有多好啊。

再一看时间已不早了，就走出了门，这时阿吉看到桌上有一个小摆设很是玲珑，反正没人，阿吉顺手把它放进了口袋，也算是作个留念吧。

就在他将要走出鹿城苑的时候，让他惊讶的事情发生了，只见电子屏上流动着一行字："请你留步，小偷先生!"与此同时，有一股无形的力量把他挡在大门中间，阿吉红着脸把口袋里的小摆设拿出来，小摆设被吸到了门楼里去了，阿吉也感到身体一下子轻松起来，逃一样地出了大门，这时他才感到手心里都出汗了。

这时，阿吉看到刘局长正好从车上下来，刘局长看到阿吉后说，我们俩进去看看。阿吉不能说自己已看过了，只得跟着刘局长进去，当阿吉将进大门时，屏上显出了："鹿城苑欢迎您的到来，请随便参观。"下面还多了一行小字，"小偷先生留步!"，阿吉尴尬地说："刚才好奇，拿了一个小摆设。"刘局长一脸抱歉地说："来时忘了告诉你，这里的所有东西现在都是无主的，所以谁也不能拿出门外，只有通过特定的身份确定后，才能随便处理。""噢，原来如此！那它怎么就能确定我是小偷呢""这门卫虽然没有一个人，可只要你一进入大门，你的特征身份已得到初步确认，你参观的全过程也都在它的控制之中，随着进一步的深入，你的情况也就更清楚了。""这么说，我的情况它什么都知道，这不是侵犯了我的隐私权吗?""这你大可放心，因为这都是智能控制的，它只是信息处理而已，通过分析，把你的基本情况储存起来，以备日后对你身份的确定。""这么说，我以后的身份就是小偷了。"阿吉尴尬地说。"或许吧。"刘局长笑着说。"这么说，我以后再也不敢来这里了。""那也不一定，一个人是能改变的，电脑也会给出公正评价的。"

说话间，俩人已转了一大圈又到大门口，这时，电子屏上只显出"欢迎光临"的字样，大门也没有了那股无形的力量了。阿吉不放心地再转入大门，已没有了那行小字。上车后，阿吉才知，他与刘局长一起待了那么些时间，电脑已通过分析，排除了他的小偷身份。

回到报社后，阿吉连夜奋笔疾书，写下了："欢迎小偷光临。"

智能防盗门

王教授自从家里被盗后，下定决心自行研发新型的智能防盗门。功夫不负有心人，终于新型的智能防盗门上了岗，为此报纸上还作了专题报道。

刚好有个惯偷也看到了那则报道，他想自己什么样的门没见过，还不是一样轻轻松松就搞定了，再说自己白天时间大多花在网吧里，多少也算是半个电脑专家了，因此不信这个邪，看清了报上说的地址后，就想会一会这扇智能门。

惯偷就是不一样，也不急着下手，而是装作收旧货的先到教授所在的小区进行了一番侦察，了解到教授白天家里没人，因此就来了个白日闯。

教授家在三楼，惯偷三步并作两步就上了楼，拿眼睛的余光扫了一下几个墙角，确认没有安装摄像头，于是就放心大胆地研究起了那扇智能防盗门。

要说这门在外表上与普通的防盗门没多大的区别，只是在门的正中央多了一个小小的电子屏，边上还有一排按钮。惯偷用手轻碰了一下门，那个显示屏上就跳出了一行文字：“欢迎使用智能防盗门，开门请按确认键。”惯偷找到了那个“确认”键按了一下，随后屏幕上又跳出一行字：“请回答下面的问题，答对三题门将自行打开。”

惯偷想自己读书时最怕回答问题了，只能硬着头皮试一试。正在这时，题目出来了：“1 加 1 等于几?”一看到这个问题，惯偷险些笑出声来，正想按下 2 字键，一想不对，问题不可能这么简单，会不会是有意考验人，于是试着按下了 3 字键，不想屏幕上随即出现了礼花：“恭喜你，回答正确!”随后又跳出：“你现在几楼?”这不是三楼嘛，惯偷又想按 3，但最后还是想当然地按下了 4 字键，屏幕上又是礼花又是恭喜。“你是这家的主人吗？是按 1，不是按 2，不清楚按 3。”对于这题，惯偷毫不犹豫地按下了 1 字键。

这时奇迹出现了，只听得“啪”的一声，防盗门打开了，透过防盗门往里一看，里面的灯也在相继打开，惯偷可高兴了，谁说智能的东西攻不破，自己不还是三下两下就搞定了，于是大步走了进去，身后的防盗门自行关闭了。

也许是太相信防盗门了，里面不仅所有的房门没关，就是书桌、衣柜什么的也都没有上锁。因为知道教授家白天没人，惯偷也就不急不忙地一间间翻起了值钱的东西，好不容易才把所有值钱的物品打成了包，这才心满意足地准备离开。

当他走到防盗门边时，一看吓了一大跳，这门上写着：“开门请按110！”“110”可是平生最惧怕的。这门真的特别，除了门边有个数字键外什么也没有，还是从窗户或别的地方出去吧，可找遍了所有的房间，愣是没有找到一个窗户。这是什么鬼房子，连个窗户都没有。

转了几个圈，还是回到门边，取出随身带来的小撬棒，可门上连个锁孔也没有，而且门缝也很小，自然一点用场也派不上。看看实在没办法，只得去试着按下防盗门上的110键，然而门却一点反应也没有。连试了好多次，还是没有反应，再试按别的数字也是如此，惯偷急得双脚跳，只得用力敲门叫人。

就在这时，门“啪”的一声开了，惯偷正想出去，却与门外的人撞了个正着，抬头一看却是教授，后面跟着两个警察。

教授冷笑着说：“你小子智能的也敢偷，告诉你吧，这门是我特地为你们这些人设计的，那些问题随便答什么都对，没想到吧。里面的键可是万万按不得的，你一按，我手机上就反应出来了。”

“你的房子怎么没有窗户？”惯偷绝望地问道。“不会吧，你回头看看。”惯偷回头一看，只见每个房间都有窗户，而且还没装防盗栏，惯偷更是一头的雾水。

教授笑着说：“你用显示屏开门，那些安装在窗户上的防盗板就会自动把窗户封起来。不过，考虑到你们不习惯，所以开门的同时，所有的灯会自行打开，这样里面就显得很明亮了。”

惯偷还是不解：“那现在怎么有窗了？”

教授扬了扬手中的磁卡，说：“这个嘛，因为我一直是用磁卡开的门，当然就很正常了，你那是非正常开门！”

小朱老师

小朱是人家对我的称呼，我就是小朱，小朱就是我。只是有一日，我这个不爱说话的小朱，在《解放日报》上发表了一篇豆腐干大小的文学作品后，有人给了“小朱老师”这个让我受宠若惊的尊称。于是乎头脑飘飘然起来，以为自己已是文学大家，就算称不上，也算是个作家了，从此，小朱我就有了一种前所未有的优越感。

发表过作品的小朱从一个机关文员转入到文化系统，虽说是最基层的文化站，但心里已是十分满足。这种满足感据说就是文人的内心表现，看来我就是做文人的料子，不然在这块无人问津的地方，怎么会生出优越感呢。

作为文人的小朱，自然得写一些作品，不然别人会说道的，会以为那一篇在《解放日报》上发表的文章是抄来的，或是瞎猫碰上死耗子。潜心创作了一阵子后，小朱就开始向全国重大的报刊杂志邮发自己的得意之作。

总以为能有所收获，然而，作为作家的小朱伸长脖子苦等了两个月的时间，一篇得意之作都没有变成铅字。这两个月的时间里，不光是小朱本人，就连单位及上级领导们都关心起报刊杂志，认真阅读副刊与杂志目录。可事与愿违，小朱的大名没有出现，就是姓朱的也出现得不多，看来朱门之祖礼学家朱熹也会苦叹后继乏人了。

当然，在这期间，小朱也收到过报社的来信，那是好心的编辑给退的稿，还指出了不足，要小朱多加强学习和练习，不要急于投稿。这是什么话，我已是地方上公认的作家了，作家不投稿谁投稿呢。小朱憋了一肚子的火，更加勤奋写作了，这次他开始写中篇小说。

没日没夜地苦苦创作了一个月，写满了两大本稿笺纸，细细一数有三万多字。而且自己越看越得意，想不到居然会有这么高的文学功底，看来此文一出当是一鸣惊人了。于是到电脑复印店里花钱打成了铅字稿。为了防止被不怀好意的编辑把稿子占为己有，小朱不厌其烦地在每一页上印上了自己的私章。又打听得《人民文学》是文学界最高档次的刊物，挂号发了出去。

这一年，小朱还怂恿领导订了一份《人民文学》，以备自己的大作发表后，能及时给人观看。结果其实很简单，《人民文学》也没有回信，更没有发表小朱的作品，或许他们只当是废纸掷进了纸篓。

那篇文章后，小朱再也没有写过东西，只是把《解放日报》上的那篇豆腐干文章去掉了日期，复印了几十份，一直放在公文包里。每次参加市县的文联例会或创作会时，总不忘了发上几份，以证明自己的文学成就。这时，就能听到别人恭恭敬敬地说："小朱老师真了不起，能在这样的大报上发表作品，值得我们学习。"

在这样的荣誉声中，小朱度过了一个又一个年头。

我是名人

就年龄而言，我才不过三十岁，但我的名字在我生活的城市里已是家喻户晓了。我的名气更是了得，什么旅游节、艺术节、招商会、恳谈会、公司开业、大厦落成、乃至人家新婚庆典都要邀请我，以达到名人效应。并不是我自吹，这个城市中有一半以上的金字招牌都是我的手笔。说实在的，我对毛笔字一点也不感兴趣，字也就同小学生的习作并无两样，但我的名气太大了，所以招牌更能吸引人。再说那些制金字招牌的主对我的字进行了一点小小的技术处理，看上去也有那么一点风度了，众多的特色文字招牌也就成了我生活的这个城市中一道独特的风景。

当然，我不是一生下来就出名的，就出名之事，我还得感谢我以前的办公室领导，我现在的秘书，更得感谢我父母给了我这张能说会道的嘴巴。

那是在三年前，我在政府机关干事，是一个小小的办事员。我现在的秘书则是我的领导，是办公室主任。我那秘书是个很能舞文弄墨之士，在政府时，他就有不少的文章上了报刊杂志。现在他也是一个比较高产的作者，当然有不少的文章是把我的名字写在了前面才发表的。不是我拍胸脯说大话，市报的编辑看到有我名字的文章，他们连屁都不敢放一个就一字不漏地发了，我那秘书就是占了我名字的光。可他也十分知趣，每次稿费单一到，总是把它送到我的面前，我也就心安理得地把它收好。稿费也是一种劳动所得，记得曾有一句话说是劳动就得有报酬，劳动得不到报酬那是一种违法行为，我是一个名人，当然不能干违法的事情，稿酬也就理当享受。

三年前的那次机遇，我秘书正忙于写现代化达标工作的总结报告。恰在此时，一封印有某家著名报社名称的邀请函送到了他的办公桌上，那是一份邀请参加报社笔会的通知书，我那秘书自然就没了时间，但他也不想放弃这次难得的机会，这时我正好有空，他也就让我去代他参加笔会。这也是我平生第一次涉足文学圈，也是我成长为名人的一个台阶。当时，我什么也不懂，也不知什么是散文，什么是小说故事，只知一行行短短排列的叫作诗。平心而论，现在我还是分不清什么是小说故事，散文随笔，但我却能说，也敢说。只要我的口气很硬朗，即使有些人会认为是不正确的，但他们只能说我的观点是一种全新的理解，是一条文学新路。到现在还没有一个文人出来与我作对，相反却有一大批人跟着我的方向走了。

参加笔会并非是我以前想象的那样，原本我想笔会那就是笔的展览会，因为文人都用笔写，因此，笔对文人来说是十分重要的，但到了一看才知那是一种会议形式。对于会议，我一直不感兴趣，现在也是，当时在台下还能打上一个盹，现在到了台上，只能干坐着等会议的结束。这次笔会一共开了四天，据说都是名家亲自授的课，因为主持人在介绍时，那些人的前面总有什么家什么大师的称号。只是三年时间了，我把那些人的名字和抬头给忘了，不然，我还能把他们牵出来装饰一下自己。

上课我没认真听，但下课后我却没少活动。那次出来时，我那秘书关照好的，所有费用均由集体负担，于是我请那些名家吃饭喝酒。到了酒足饭饱之时，名家也同我一起划起了拳、称起了哥们。到最后，每个与会人员都得交一篇文章，这让我为难了，因为我那秘书是给了我一篇文章，但那些名家却要我也交一篇给他们，也好进行评奖，没办法，我只得把我侄女的一篇作文改了一下题目和名字交了上去。那篇作文很幸运地被评上了一等奖，而我秘书的那篇被评为了三等奖，这其中的原委大家也是知道的。

我带着获奖证书回到了政府机关，把所有的发票及奖状给了我秘书（当时的领导），他很高兴，虽然我的费用远远超支了，但他还是想法在财政上报支了。当他获悉我得了一等奖后很是惊讶，可那红红的章说明了我的证书是真的。因此他连夜就写了一篇报道，很快市报上就登出了，我也就有了一点名气。市文联吸收我成了会员，没过多久，文联的老秘书长得病死去了。文联主席在那些会员及知名人士中排了个队，进行了调查摸底，终于发现我的奖项档次最高，而且我的年龄又是最轻的，这正好符合培养年轻干部的条件，（后来主席说的）于是我进了市文联，成了一个年轻的秘书长。口才也进一步得到了锻炼，与市领导及上一级文联的感情也就十分融洽。经过我的努力，那提拔我的主席也就顺利地上了一个台阶，成了上级文联的秘书长，我则理所当然地成了文联主席，成了一个名人。

我这人并非是忘恩负义的，做了主席后，我还是想方设法地把已下岗在家的原主任调进了文联，成了我的秘书。他是一个文学好手，工作也是很能吃苦的，只是社交能力太低了，虽说成绩突出，但还是被挤出了原来的位子。当然，我给他的新位子对他来说再合适不过了，这一点他对我感恩不尽。我也从不跟他斤斤计较，只要是该用的钱，由着他去用。我则忙着应付各种各样的邀请。这不，桌上又有几份精美的请柬，我得和我的秘书说一声，我该去应酬了。

我是乡巴佬

这年月，钱确是好东西，这不，打小就撂下的驼背毛病，自从口袋里有了鼓鼓囊囊的清板后，腰杆子一下硬了起来，我也是个男子汉。可也有让我不满的事情，虽说身上穿了皮尔卡丹的西服，老人头的皮鞋，头发吹得让苍蝇也立不稳脚，但人们还是称我乡巴佬、暴发户，其实我的外表一点也没有了乡巴佬的踪影了，或许是人们对我的嫉妒吧。

乡巴佬有了钱就是大款，我有钱，我就是款爷，家里一下子请了三个佣人，一个替我收拾房间；一个替我做饭；还有一个嘛，脸蛋儿好看，我就让她做了我的公关小姐，也就是所谓的情人秘书，当然这事得瞒着老婆。好在自从有了钱后，我那黄脸婆整天迷恋于化妆打扮和搓麻将上，我也就省下了不少口水。

进城体验生活是我一个重要的工作，这会给我今后在城里生活打下基础。我从小在乡下，城里的事情也不太清楚，这不有一次我去逛超市，无意间踏进了超市角上的一个书屋中。既然进到这样的场合，我当然也得表现一番，于是，我也学着那些书生的模样，从书架上拿下一本很厚的书，像模像样地看了起来。在我想来，书越厚意味着学问越深。

正当我想入非非之时，不远处的一位漂亮小姐向我走来，脸带笑意地对我看了看，我不解其意，以为是我这一流的大款风度引起了她的注意，为此，我还以一个绝对正宗的微笑。这时她已到了我的跟前，用她那甜美的嗓音轻声告诉我："你的书拿倒了。"然后像没事似的拿着一本她选好的书向收银台走去。我一愣，而后细看了一下那书确是拿倒了，我在翻转书的同时怪起了那放书的缺德鬼，让我吃了一回药。这也怪我自己不好，斗大的字识不得一筐还要装相。怪完自己又得怪父母，他们一点本事也没有，居然只让我读了一年书，使我成了睁眼瞎。但无论怎么说，我现在有钱了，我就得有一点学问人的模样，不然人家会笑我是个大老粗，这比乡巴佬还难听。于是我决定买下手里这本很厚很厚的书。

我把那书拿到收银台前，这回轮到收银小姐发呆了，我不明白，忙问为什么，小姐说："看不出，你年纪不大，却是个医学专家。"我不懂她的意思，只得一边掏钱一边含糊着应付，总算我拿着书逃出了那让我尴尬的地方。后来，我才知道，我买的那本书是有关妇科方面的权威书，我在那收银小姐眼里是个妇科专家了。从那后，我再也不敢进书店了，只是我在自己的豪华别墅内增设了一个书房，我还请朋友帮着买了不少的书。

经过一段时间的体验生活后，近日，我在城里买下了一幢房子，还出了一大笔钱请朋友去弄了一张名牌大学的文凭。于是，在我的名片上多了一条XX大学高材生。从那天起，我也就是城里人了，并且还是高级知识分子，乡巴佬这顶我戴了几十年的破帽子从此被我丢到一个无人的角落。

秦始皇北京看奥运

2008年奥运会在北京举行，神州大地是一片欢腾。上面这一吵，就惊动了下面一个人，他就是统一六国的秦始皇。他昏昏沉沉地也不知世上发生了什么事情，叫来手下的一打听，才知北京要办奥运会了，一百多个国家和地区要参加比赛。

听到这个消息，心里一惊，不解地问手下，想当年走南闯北打江山，我不是已经统一了全国，哪来那么多的国家。文官李斯忙上前一步解释道，只怪我们的地理知识浅薄了些，以至于没有能够真正实现统一全世界。秦始皇一听也就释然，原以为地球就这么大，今个才知道，除了这些地方外，还有着那么多的国家，要是早知道，还不是乘热打铁给一锅端了。

看到手下人面面相觑的样子，秦始皇立马转过话头，没事，今天这样的格局也不错，大家用这样的比赛来增加友谊，总比打打杀杀来得好。这样吧，你们给我去准备好马匹干粮，我倒要看看奥运是怎么一回事。李斯听到吩咐后，立马打了个电话给调度中心，让准备好交通工具。

第二天，秦始皇穿着盛装在李斯、尉缭及蒙恬、王贲等的陪同下走出宫门，秦始皇抬头一看，没见那些高头大马，就问身边的李斯，“爱卿，我的马车呢?”李斯忙弯着腰说道，“皇上，你看宫门边上停着的不就是。”秦始皇顺着指的方向看去，只见一个黑兮兮像盒子的大东西堆在那里，不解地看了看李斯，李斯是何等聪明之人，说道，“这可是当今交通工具中的佼佼者，它的名字叫宝马。”“它有千里马那么厉害吗?”“千里马怎么能与它比呢，要是任由它走，一二个时辰就能行千里路了，还请皇上坐上后体验一下。”说罢主动上去打开了车门，让秦始皇坐了上去。随着一阵马达声响，宝马就飞快地向前冲去。“好马好马，真的是好马!”看到皇上得意，李斯也跟着高兴。

一队人马行进在高速公路上，秦始皇突然听到身后传来说话声。回头一看，只见李斯一个人在那里自顾自地说着话，当即吓了一大跳。想李斯上马时还是好好的，这会儿怎么就失常了，连忙大声说着“吁”，边上的司机一脚刹车，把宝马停到了路后，李斯正说得兴头上，这猛地一个急刹车，他整个人就撞到了车顶，一边摸头一边忙问发生了什么事，秦始皇反问他怎么自说自话起来。

李斯听后笑着说，皇上有所不知，我这是在与后面的尉缭说话呢。“你小子别拿这套来唬我，尉缭人在什么地方都不知道，你怎么能跟他说话。”李斯拿出一个小盒子递给皇上说，“就用这个东西，不信你也试试。”说罢把盒子放到秦始皇的耳边，秦始皇一听，那盒子里真的有声音传出来，细细听来确实像是尉缭的，忙问如何使用，李斯拿小盒子道，随便说就行，秦始皇一试真的好用，心里就乐开了花，说有了这东西不怕你们不听话了。

再说宝马带着他们很快就到了北京城，盛会中的京城那个热闹自然是没法提的，秦始皇虽说是南征北战见过大世面，可这时就像是刘姥姥进了大观园，只怪自己少长了两只眼。

当他看到那些高楼大厦时就问李斯，“爱卿，这楼是怎么造出来的?”“回陛下，那是人与机器一起建的。”“想当年我建长城，动用了百万人力几十年才建成，这楼怕是几十年建不起来的。”“不了，现在建设的速度是快得惊人，像刚才看到的这楼，去年我来时还只是一块空地呢。”“现代人真是神了，不知还有没有以前的东西能让我回忆回忆。”“当然有了，陛下当年建的长城还在。”“是吗，那我们先去那儿看看。”

一行人来到了长城边，秦始皇刚想进去，不想被两个穿制服的拦住了，问他要票。李斯在边上忙解释道，现在的长城已成了一个旅游景点，要登长城就得买票。秦始皇一听就来了气，这长城还是我亲自下令建的，我来也要买票。“谁来都得买票，不然我们喝西北风去!”双方争论起来，李斯去买票化解了矛盾。登上长城，秦始皇这才找到当年的威严，想那两千多年的沧桑变化，世界已变成了如此模样。

从长城上下来，秦始皇已少了激情，说这奥运会不看也罢，我们还是回去吧。李斯没想到皇上会变卦，心里自然不依，心想等了两千多年才等来了这么一回，忙说：“陛下，这奥运会比赛不仅好看，还很扬威的，就像您老人家当年一统神州一样。”“你要看你就看，我是要回去了。”说罢就抢过李斯的手机叫起了尉缭，不想他说了一大通话，里面就是没有声音出来。李斯在心里暗笑，这号码都没按，怎么会通呢，忙走上前去说，陛下，尉大人可能已在看比赛了，那里没有信号，我们到场子里去找他吧。秦始皇无奈地摇了摇头，随着李斯来到了体育馆。

正好遇上是射箭比赛，看到选手们一箭箭射向靶子，把秦始皇的胃口也吊了起来。只见他飞快地跑进场内，从选手手里夺下弓箭就射，他的这一出现，场里立即炸开了锅。就在警察冲了上来要制服他时，场内的观众中爆出一阵喝彩声。

你道是怎么回事，原来秦始皇射出的那一箭，不偏不倚，正中靶心。随后秦始皇又射出几箭，箭箭中的，在场的所有人都惊呆了。过完瘾后，秦始皇把弓还给选手，在大家的猜测中自个儿走了。只有李斯屁颠屁颠地跟在皇帝身边偷笑，庆幸这趟北京没白来，说不定回去后还能得到重赏。

唐僧开公司

却说唐僧师徒四人路经十万八千里，遭九九八十一难后，终于皆成正果，成了菩萨。

这样的清净日子过了不知多少年，他们一直认为菩萨就应该这样生活的，可随着世间的变迁，他们周围的那些菩萨纷纷出去走穴，捞取外快，师徒四人看了心痒。想当年，自己在如来处取经，因不知送礼之事，曾被阿傩、伽叶两尊者戏弄了一番，还是用紫金钵盂换回了真经。想到这，唐僧苦叹自己不入世，不懂得世间人情变故，看来不管是神是佛，首先得有经济基础，于是，唐僧与三个徒儿一商量，决定办一个集旅游、娱乐、保健于一体的综合公司。

办公司就得有个说法，如来曾在法会上说过，凡是菩萨、尊者、圣人都不能参与或开办公司搞三产，一旦发现将开除出菩萨、圣人等行列，原来享受的一切待遇也将取消。为此，四人商量起来，该由谁来出面做这公司的领导，商量来商量去，最后决定由在通天河上生活的老鼋出任为好。唐僧在提名老鼋时说，想那老鼋，我们还欠他一笔人情债，再说，现在世间的人们开始注重健康，市面上到处流行着各种各样的口服液，老鼋能出面的话，往那一站，就是一块最好的广告牌，不愁没有生意。听了唐僧这么一说，三位徒儿自然点头称好，于是，各自行动起来。

唐僧来到通天河，找到了老鼋，把自己的想法与老鼋一说，老鼋当即就同意了，毕竟这是个很不错的职务，他马上把管理通天河的任务交给了自己的儿子，随着唐僧去申请执照。

由唐僧出面办执照，当然是一路绿灯，唐僧还以旃檀功德佛的名义，向银行贷款一个亿的钱财，作为公司的启动资金。

悟空带着贷来的三千万一个跟头飞回了花果山。看那花果山已是满目荒凉，只有十来只小猴在那里生活着，那些有能耐的早已另谋出路。

那些小猴一听大圣爷爷是来开发家园的，高兴得没法提。无能也有无能的好处，从那天后，这十来只小猴就忙碌起来。有了钞票好办事，不出三个月，花果山旅游开发公司就成立了，虽然是唐僧师徒投的资，但还是由那些小猴出的面，悟空只是挂了个名誉顾问的闲职，这与如来的规定没有冲突。从公司成立那天起，悟空的很多时间都是在花果山上度过的。

八戒领了二千万后，也是一路飞奔来到高老庄，按唐僧之意办起了娱乐城。凭着八戒的能耐，很快，那些出名的佳人都被他招到了门下，白骨精、母蝎精、铁扇公主、地涌夫人等是长住高老庄，广寒宫中的嫦娥则是在节假日中常来此走穴。八戒还与女儿国王签订了份协议，以四六开的分成，让女儿国定期送上美女，以满足那些娱乐者的需求。为了能让这些佳人定下心来，八戒还发挥自己净坛使者的特长，从各处觅来美味佳肴，款待这些美女，由此一来，生意自然红火。

沙僧领了一千万来到流沙河，按师父之意搞了个特种水产养殖场，专养那些稀有的水产品，在这些水产品当中，中华鲟的销路最好。据说，凡菩萨级领导开会设宴，必须上中华鲟这道菜，不然就有辱他们的面子。虽说那流沙河有八百里水域，而今又有众多的人搞起了特种养殖，但由唐僧师徒出面，产品的销路也就不成问题，利润也就相当可观。

唐僧自己也没有空下来，他要老鼋利用自己的名声，开发出一个长生不老口服液，取名为唐僧肉口服液。大家都知道，吃了唐僧肉能长生不老，为了能赚钱，唐僧也就顾不得自己性命，索性自己卖起了自己。

这还不算，唐僧考虑到消费层次的不同，也开发了几个相应的口服液，如“老鼋牌口服液”、“白龙口服液”等。开发这些口服液也没用去多少钱，唐僧把余下的三千多万都投入到广告中去，让世人都知道有这样一些灵药，也好使大家都能美梦成真。

一年后，唐僧开的综合公司利润达百亿，不但还清了银行的贷款，还把如来等上司都摆平了，天上、人间、地府几乎成了唐僧师徒的天下。

一日，玉帝、如来、阎罗与唐僧一同在高老庄喝酒，如来问唐僧：“爱徒，你开发了唐僧肉口服液，怎么也不见你掉肉，反而倒是发福了？”

唐僧借着酒意笑道："师父有所不知，那口服液是用我的洗澡水做成的，你想，我的肉能长生不老，那带有我皮屑的洗澡水不也就有了长生不老的作用。还有那老鼋牌口服液，那是用老鼋平时修剪下来的指甲做成的；小白龙平时忙东忙西的，自然要出汗，那汗经过稀释后，也就成了白龙口服液了。"

那三人听后大笑不已，都夸唐僧是个经营行家，这样的经营方式，值得在菩萨中推广。不一日，由菩萨们挂名的各大公司在阵阵的礼炮声中开张了。

西施征友

上了网络，进入 QQ 后，我就打入了这样一行字，那是介绍自己的。我说，我长得很像四大美女之一的西施，很想找一个像刘德华样的男友郎君。既然是美女，又长得像西施，自然我就是西施。

才一上网，信息立马就上来了，都是冲着“西施”这个名的，想不到美女有这么大的吸引力，于是我就打开查询一找，嘿！西施还不是我的个人专利，各地的西施多达上百名，看来我得经常注意自我形象，不然会对不起西施这个名份。

找的人多也不能人人都理会，自然得找话投意合的。几个来回后，其中一个名叫范里的很是中意，看得出那位老兄很想把自己打扮成与西施有过佳传的那个范蠡的，可能是由于种种原因没能打正确字。

那个范里话很多，什么都要问，特别关心我的长相，几句客套话一说，后面必定会是你长得如何，身高多少啦，体重多重啦，脸长得像谁啦，一股婆婆妈妈的感觉透过电脑屏幕扑面而来。出于礼貌，我总是很含蓄地告诉他，我长得还是很耐看的，有点像那个姓巩的大明星，他说姓巩的不好看，我只得又说还有点像唱民歌的宋大姐，他说这还有点像西施。范里又有了个要求，那就是请我传一张照片给他看看。对于这一点，我是历来有原则的，总不能随随便便把照片给别人，除非是等价交换。我说出了自己的理由，那范里倒也爽快，说我大老爷们，理当冲在前面，得，我马上就传。

当即，那屏幕上多出了一个小框，提示我接收文件，我收下一看，嘿，是个很不错的小伙，出于礼貌，我自然也找了一张很上镜的照片给他传了过去。好长一段时间他都没有反应，我想一定是我的美貌把他给迷住了，让他有了某种出乎意料的感觉。事情真的如我的想象一样，经过漫长的等待后，范里有了回音，他说，我们来一次约会吧。

我就问你在哪里，他说在苏州，我说我也在那里，可以见面啊，我把这行字打到屏幕上时，我已能想象到他看到字的那种喜悦之情，一定是跳起来，恨不得马上就能看到我。

约会自然得说好地方和见面的方式，不然就凭一张照片怎么行呢，于是我就要求他带上一本书，到人民公园大门处，一定要坐在石级上等我，我反复强调要他等我，这是我的权利，范里屁话没说就同意了。

那天，我特地叫了一辆社会黑车，坐在副驾驶座位上，让那司机将车慢慢地从人民公园的大门口开过去，我则戴着一副太阳镜从车窗里向外看着自己的目标。车经过大门时我特别仔细地看着台阶，可就是没有看到我心中的那个范里，拿书的人不是没有，只是有两个懒懒地靠在台阶上看着杂志，其中也有几个女同胞。于是我让司机开了过去，过了大门好长一段路后，我才叫司机转过头来，再回去，这次我还是没有看到目标。于是，我就飞奔着回到家，打开电脑，上得 QQ 一找，还真的没有范里，这是怎么一回事。

到了晚上，再上 QQ，那范里来了，我问他为什么失约，不想他的火气比我还重，大骂我是个无情女，是个不守信用之人。我说我去了，可我没有看到你，我还说了那现场的情况，他没了话。

经过冷战后，他又约我，说我们换个地方，谁不到谁是小狗。这次定在了体育中心。为了能及时见到面，我们还互告了手机号码。

这次我特地打扮了一下，真的想看看这个范里是个怎样的人，于是早早地来到体育中心，我坐在草地上，注意看几个大门口，只要有人进来我就能看到了。

这时从东大门进来一个时髦的女孩，由于带着太阳镜，我没看清她的脸，她进来后，先是四处张望了几下，随后从小包里掏出一只小巧的手机，按了几下后把它放到了耳边，这时，我的手机响了起来。“喂”，一个女声传入我的耳畔，我问：“你找谁?”她说：“找西施。”“你是谁?”“屁话，我当然就是范里。”“你不是个俊男吗?”我不解地问，“可我还是美女呢。”看到我拿着手机向她迎去，女孩像是见鬼似的一声大叫，跑了起来。

在这样的场面上，我自然不敢去追，不然被警察看到了谁也说不清，好在只一会，她就停了下来，在老远问我，你真的是西施，我说我真是，她生气地说，你一个大老爷们干嘛说自己是西施？我说你也不是叫范里吗？她说，我这范里可是方圆百里的典范的意思，我这才明白她不是打错了字。

“你这人真无聊，什么不好取，偏偏就取了西施这个名，我看到是本地的，而且你传的照片又特像那歌星，把我给骗了。”“网上的东西你也信?”“人家不就是追星族嘛。”

那美女不好意思地笑一笑，一吐舌头算是对不起了，转身就走了，这段情缘也就了了。

第四辑

今夜电话铃响否

今夜电话铃响否 / 灵佛 / 春日阳光

美味蛋面 / 军嫂家的来客 / 我能数到99

千年一梦 / 最后的巡查

废墟边的读书声 / 网络友情/ 钞票征友

冤家的蛋糕 / 五彩之星 / 今天我请客

炒炒就红 / 特殊的服务员

……

今夜电话铃响否

离下班还有几分钟时间，我开始张罗起来，这时，桌上的电话响了，一听是个陌生女人的声音，我忙问，“您好，请问找哪位?”“你这里是不是72356122?”对方报的正是我的电话，“请你帮着找一下我的女儿方琴，让她接个电话。”

我在脑子里快速地把所有的同事排了个队，也没发现有姓方的，自然不可能有叫方琴的。听我说单位里没有这个人时，电话的那头沉默起来。看看已超过了下班时间，我正想挂掉电话，对方像是在自语道，“这个鬼丫头，连自己的母亲也要骗。”

听到这句话，喜欢写作的我突然来了灵感，这其中会不会有什么故事，忙放下包，人也坐回到椅子上，“大妈，是不是你女儿和你开玩笑?”“开什么玩笑，她跟一个男的跑了，把我一个孤老婆子留在了家中，唉!”

看来是我刚才的话触动了她的心经，“唉！想不到鬼丫头给我留的电话号码也都是假的。”“大妈，如果你感到寂寞，可以常打电话来，我很乐意跟你聊天。”“那实在是过意不去，如果方便的话，我会再打电话来，真是太谢谢你了。”那边把电话放下了。

从这以后，每天都会接到那个女人打来的电话，我们也是从开始的相互介绍到后来几乎是无话不谈，自我感觉关系是日益亲近。女人常跟我谈起她的女儿，说方琴是位漂亮的女孩，不久前谈了一个对象，听说是市里的十佳青年。这本是件好事，可方琴才十八岁，因此自己从中干涉了几次，不想方琴就受不了离家出走了，把自己独自留在家中。

听着她的诉苦，我非常同情这个陌生的女人，每每都安慰她，女儿毕竟是自己的亲骨肉，出走只是一时之气，以后还会回来的。听了我的劝说后，女人总是沉默许久，像是经历了一件很无奈的事情。

我那电话没有来电显示，为了打电话方便些，我几次要她告诉我她的电话号码，她都没说。只是有一天，女人来电时声音明显沙哑了，在结束短暂通话的一瞬间，女人突然报出了一串数字并冒出了一句："我爱你!"。

我在莫名其妙中记下了数字，迷惘中意识到那是一个电话号码，于是我翻开了电话号码簿，终于在市内电话方姓一页中找到这个电话，我试着打了一下，电话通了，可就是没人接，我只得放下了话筒。

以后两天，女人都没打电话来，我像是失去了什么一样，耳畔仿佛依然回响着那女人那沙哑的声音，会不会出了什么事，她可是一个人住的。想到这里，我忙向领导请了个假，来到了市区。

经过派出所民警的帮忙，我终于找到了方家，按了门铃，出来一位妇人，我礼貌地问："请问这是不是方琴母亲的家?"妇人仔细看了看我，"你就是小朱吧"，我一下怔住了，她怎么一眼就认出我是谁，"您就是常和我通话的方妈妈?"

女人摇摇头，把我领进屋后，指了指中堂上挂着的一张遗像，对我说，"是她一直在与你打电话。"

那是一位美丽动人的少女，她正透过被黑布蒙住的相框对我微笑着，我一下明白了那电话中最后一句话的含义。我怔怔地站在那儿，女人帮我拿了张凳，让我坐下，慢慢地道出了一些她女儿的事。

方琴是在一年前被确诊得了癌症的，在卧床养病期间，每天只有电视陪伴着她。一次偶然的机会，方琴看到了我在十佳青年领奖时的镜头，也从电话簿上找到了我单位的电话，于是编了个小小的谎言，和我保持了很长时间的通话。

看着那张笑脸，我的泪水止不住地流了下来……

灵佛

乘着中午休息，林风对秘书说有点私事得去办一下，随即换了件衣服下了楼，也没让司机送，自己打的去了大华寺。

位于山脚边的大华寺，前不久来了个游方和尚，这和尚自称是灵佛转世，能掌握过去了解现在预知未来。现在的社会上形形色色的骗局是层出不穷，虽说和尚把自己吹得是神乎其神，可听到的人大多只当是一句笑话没放在心上，然而林风听了纪委李书记私下的描述后，心里是蠢蠢欲动，就想早点去见见这位“高人”。

一路上，林风回忆起这段时间的经历。那天上班，刚从电梯上出来，就看到王副市长拿着一个垃圾袋，正往通道底处的垃圾筒里放。做了三年多的县委书记，班子成员的情况可以说是了如指掌的，平时上午是很难见到王副市长的身影的，今天不仅来得早，还自己动手打扫卫生，这事有点怪，难道太阳从西边出来了。

以前自己也遇上过类似的情况，十有八九是经济或生活上被人抓住了把柄，不得不夹紧尾巴做事，以此来换个好印象。然而，经过仔细了解和观察，也没有发现王副市长有什么经济和生活上的问题，倒是感觉班子里的那些领导都在变，原本抱着“做一天和尚撞一天钟”，经常懒懒散散的，现在都变得积极起来，自己只要在会议上把基层反映的问题说出来，就有人主动把活揽到自己的手里，还不是敷衍了事走过场。

跟李书记交谈后，林风才知道这是大华寺里的游方和尚的功劳。李书记当时也是出于工作的职责，才去见那个和尚的，主要是想看看到底是什么来路，也好还社会一个真相。等见过后，李书记是逢人就说，那和尚真的神了，对自己可以说是了如指掌，很是受益。大伙都知道李书记最反对封建迷信的，他都这么说了，试试也无妨，于是班子里的人陆陆续续都去了。

跟李书记一样，林风对这些虚无缥缈的东西向来是不相信，只是大家都这么说了，应该有点道道的，不知这个游方和尚使用了什么特异功能，能让这班子人改变面貌。

虽说是个古寺，但香火并不旺，林风在半信半疑之中跨进了大华寺。门房里的一个老和尚听说来意后，指了指里面的一个侧房，说游方和尚就待在里面。顺着这个方向，林风快步来到门前，轻轻推开那扇半掩着的小门，迎面看到一个肥肥胖胖的和尚正坐在蒲团上打着盹。

胖和尚听到门声后慢慢抬起头，看似迷迷糊糊之中说道，“林风书记，老僧等你多时了。”虽说经历过各种人情事故，可突然间的这句话，还是把林风吓出了一身冷汗，腿肚子不由自主地打起颤，要不是伸手扶住门框，怕是瘫坐到地上了。

自己从没跟任何人提起过要来大华寺，怕被人认出来，来之前特地脱掉了那身名牌西服，换了件普通的茄克衫，还戴了副变色眼镜，一路上就连带自己的司机也没认出来，不想才踏进门，这个胖和尚就叫出自己的姓名来，看来这和尚是有点玄。

稳了稳情绪后，林风把放在墙角边上的一个蒲团移到和尚的对面坐了下来。待林风坐定后，胖和尚闭着眼睛开始慢慢叙述起来。虽说和尚说话的声音不大，可每句话都像是一枚炸弹，在林风的心里炸开。这和尚怎么像是自己肚里的蛔虫，不仅道出了自己的身世，就连自己的爱人在什么地方工作，父母退休后居住在哪里都知道，他还知道自己的脾气和优缺点，更奇的是，和尚还掌握了不少自己工作上的秘密。

从开始到结束，林风感觉像是有支手枪正对着后背，身子是一会儿发冷一会儿发热，整个人像是要虚脱了一般。无怪乎那些领导会说和尚很神，看来一点也不夸大，机会难得，林风忙问自己今后该如何是好。和尚点点头念道，“志高方能致远，勤耕方能富足，清廉方能扬名，守身方能家圆，品高方能会友，自律方能无拘，心良方能体壮，人生苦短，请林风洁身自好吧！”说罢闭上眼睛继续打起了盹。

林风一看这架势，知道自己该走了，手才伸进口袋想掏钱，不想闭着眼的胖和尚又说道：“钱财乃身外之物，生不带来，死不带去，只管走就是了。”

真神了，林风依了和尚的话，对着和尚深深鞠了一躬这才离开。

一路上，林风在想，原以为只有“天知地知你知我知的事情，原来还有其他的眼睛在监督着，自己看来要按和尚所说的那几句话好好反醒反醒……

看到林风走远后，看似打盹的胖和尚连忙站了起来，掏出手机打起了电话，“妹夫，你交给我资料上的领导都来过了，我是不是可以回家了？”“不忙不忙，我市的任务你是出色完成了。不过，听了我私下里的经验介绍后，兄弟市纪委王书记对这样的做法很感兴趣，托我转告你，想请你也到他们那里去开导开导一班子人，班子领导的基本情况介绍材料我已替你收下了，看来还得委屈你再多做几天游方和尚了。”

春日阳光

十九年前，阿丽来到这个世界，父母高兴，乡邻们也投来羡慕的目光，这姑娘是前世积的福，投到了好人家，将来一定不愁吃不愁穿。

六年前，父亲办起了厂子，家里有了自备车，从此，阿丽每天上学放学都由父亲开着小车来接送，可把那些同学给羡慕死了。

年前，已是大学生的阿丽正盼着假期的到来，却传来了父母出车祸的消息。当她被亲戚带进医院时，母亲已离开了人世，身受重创的父亲躺在病床上，头上插满了各种管子和导线。看到这样的情景，阿丽痛哭起来，医生也不知如何去劝她，只是一个劲儿地说，一定尽最大的努力抢救。然而事情并没向好的方向发展，一周后，父亲还是随了母亲撒手而去。更让阿丽不能接受的是，这起交通事故父亲负全责，是他在路口急转引起的。在司法公证下，阿丽用转让企业得来的钱付清了抢救费与赔款。

下了从天堂落下来，阿丽想到了退学，可经验告诉她，即便是再大的困难也要完成学业，只有继续自己的学业，今生才会有更多的机会。眼前浮现出自家办谢师宴那天的情景。这是乡村上少有的热闹场面，村上男女老少都来了，大家都夸她是个聪明的孩子，是村里人的骄傲，更是村里人的希望，这一切都取决于她是村上第一位大学生。

新春本是快乐的，可一想到已破碎的家，阿丽的心情格外沉重，过年对她来说已不是最重要的，还是先回家祭奠一下父母和先祖，然后想法找份临时性的工作，为自己下个学期筹点学费。

听到阿丽要回来的消息，全村热闹起来，几个妇女早早地等待在村口，看到阿丽身影出现在村道时，争着上前拉住她的手，非要让阿丽上她们家去过新年。

看到大婶大娘们争着要自己，阿丽感到心头有股热流在涌动。正在此时，村书记也来了，书记说，你们也不要争了，可以一家家地轮，大家一起来慰问慰问我们的大学生，我也有事要求你呢。

在路上，阿丽才知道，村书记已为自己回村过寒假的事情开过广播会，说村小学空着也是空着，不如让阿丽来辅导一下全村的孩子，说不定经她这么一点拨，村里很快就会有第二、第三个大学生了。

听书记这么一说，阿丽立马放弃了找临时工作的想法，当起临时老师辅导起孩子们来，生活上也就依着书记所说的，每家轮着吃，仿佛是天天在过年。

二十多天的假期很快就结束了，终于到了要走的时候，阿丽突然犯起了愁，自己的学费还没有解决。就在她着急的时候，有人来敲门，开门一看是张家嫂子。她也没进门，站在门口与阿丽寒暄了几句后，从自己贴身的衣服中拿出一个红包，说你辅导了我的儿子，给他增加了才气，一点小意思，就当是付你的辅导费吧。没等阿丽反应过来，张嫂把红包塞到她的手上就走了。

随后的时间里，李家婶子、王家大姐都来了，大家话不多，但每人都是一个小红包，也不管阿丽怎样推辞，都硬塞给了她。

后来村书记也来了，在他身后跟着的是村主任与村会计。书记说，现在是经济时代，做什么事都得有报酬，就是义务献血还得给点营养费。这些日子，你帮村里做了件大好事，我们也不会让你白干的，我跟班子成员商量过，象征性地付一点报酬，也希望你能在下个假期继续为孩子进行辅导。

听书记说罢，会计忙拿出一个装钱信封，又从自己的口袋里拿出一个红包，一起递给了阿丽，书记与主任看到后，也掏出了自己早已准备好的红包。回到房里，看着成堆的红包，阿丽再也忍不住哭了起来。

第二天，阿丽起床后打开窗户，一缕初升的阳光直射到她的脸上，暖意随即传遍全身，这是春天的问候。

美味蛋面

天还没有放亮，睡梦中感觉有人在推我，“狗子，快醒醒，今个儿娘带你到镇上去吃面。”听到吃面，我一个激灵就从床上爬了起来。

早就听隔壁阿毛说起过，镇上的面最好吃，不但面的味道好，而且汤水也很鲜，听得我口水直打转转，回到家就吵着要到镇上去吃面。尽管我是满地打滚耍无赖，可母亲就是死活不依，说，我们怎能与他家比，他家就两娃，你们可是姐妹三个，等以后条件好点再说吧。

今天听到如此的好消息，我自然不敢怠慢，生怕去晚了没得吃。母亲说狗子人还小，走不了长路的，我们还是摇船去。在小木船上，我一刻也没有停过，从船左沿跑到右沿，看什么都感到顺心。母亲边摇船边与我说着话，说待会等我家狗子吃过面后，我们去看你二姐。听到看二姐，我高兴得直蹦。

在家时，二姐一放学就得做家务照顾我。我最喜欢看她做作业，每次看到老师写的“优”字，心里十分羡慕。当我背起书包成为新生时，二姐以全校第一的成绩考上了高中，到镇上的中学去读书。

“我家狗子怎么不跳了？是不是嫌娘船摇得慢？”“我在想二姐。”“噢，你要像姐那样好好学习。”“嗯，我也要做三好学生。”

二姐做三好学生我跟着光荣，每当二姐去领分数单时，我总会撒开小脚丫，去告诉村上的阿懿、阿毛等伙伴，“待会儿二姐要带‘三好学生’奖状回来了。”小伙伴就随我一起跑到村东头去等二姐。

村头有个土丘，上面长满小灌木与杂草，老人说是个荒坟，有点吓人。为了第一时间看到二姐，我捡起树枝，边拍打地上的杂草边冲上土丘，远眺那条二姐回来时必经的小路，等待着。

远远地看到二姐的身影出现在小路上时，我冲下土丘，小伙伴在后面紧跟着。我接过那张“三好学生”奖状，高举着，就像是自己得的一样，心里那个高兴劲就别提了。二姐年年考第一，年年评为“三好学生”，这也是我成为孩子王一个很重要的法码。

二姐的奖状也给全家人带来了欢乐，这个时候，母亲会摸着我的头说，我家狗子是个聪明囡，几时也拿个奖状回来，娘给你做新衣服。

穿新衣的机会几乎年年都有，母亲总以狗子在长身体为由帮我做。两个姐姐虽然也想要，但知道母亲的脾气，所以谁也不敢跟母亲提起。穿上新衣的并不争气，不要说是“三好学生”的荣誉一次也没有得到过，相反却经常带回几盏“红灯笼”，招来父亲的一顿臭骂。

从太阳露脸到一人来高了，我的肚子早唱起了空城计，于是就问，“娘，还要多久啊？我肚子饿了？”母亲说快了快了，手里暗自使足劲。

船终于靠了岸，母亲直接把我带进了面馆，为我买了碗蛋面，自己坐在一旁看着。平生第一次吃到这样好吃的面，我是狼吞虎咽起来，母亲在边上说，“狗子慢慢吃，不要噎着了。”

终于面吃完了，汤也喝光了，我这才满足地打了个饱嗝，母亲脸上露出难得的笑容，“狗子吃饱了，我们去看你二姐。”刚吃过人间美味，现在又能看到我心里的偶像，我是屁颠屁颠地来到了学校。

母亲打听着找到二姐所在的教室，把正在上课的老师给叫了出来，与他低声谈论着什么。

我可不管大人间的事情，双手扒着窗台，使劲地把头探出窗口，轻轻地叫了声“二姐”。二姐听到声音，回过头来张望，当她看到是我时，给了我一个灿烂的笑脸，随后就低头做起了作业。

窗台高了些，只坚持了一会就不得不放弃了，我看到母亲脸上带着笑容，老师也是满脸微笑。随后，母亲低垂着头像是自言自语地说着话，声音是越来越小，老师脸上的笑容转眼就变阴云，“你这样是毁了她！”老师大声说道。母亲一愣，教室里几个胆大的学生站起来向窗外张望，想知道发生了什么事。为了不打扰正在上课的学生，老师压低了声音，像是在作着辩解，母亲是一个劲地摇头抹眼睛。随后，老师进了教室，低头跟二姐说起了话，还与二姐一起默默地整理起书包，在二姐走出教室的时候，我听到老师一声长长的叹息声。

看见二姐出来了，我跑过去就想与她说话，母亲却说：“二姐，领我去你的宿舍！”姐姐自读高中开始就寄宿在学校里。二姐很听话地在前头走，我赶紧跑上前去，兴奋拉着二姐的手。记得以前她的手很温暖，可今天却是冰冷冰冷的。更让我想不到的是，平日里待我最好的二姐，破天荒地一甩手，理也不理我，自顾自地走着。此时的我正在兴头上，也不管二姐是什么态度，高兴地告诉二姐，今天我吃到蛋面了，是妈带我在镇上的面馆里吃的，那味道真是太好了。二姐抽搐了几下，咬着嘴唇，愣是没发出声来。此时我才惊奇地发现，二姐的眼里满是泪花。

在我兴奋的说笑间，二姐已把我们领进了宿舍，她指了指自己的铺位。母亲走到床前，踮起脚把被子拿到下铺上，用力卷了卷，然后用绳子把它给捆了起来。也许是忙碌了一个上午的原因，母亲收拾好被子后，坐在铺上喘起了气，对二姐说：“二妞，时间不早了，你把其他东西收拾一下，这就回家。”“二姐为什么要回家，她还得读书呢?”“狗子，你别问这问那的，帮你姐一起收拾收拾。”看娘有点生气了，我忙与二姐一起整理起东西来。

母亲看着我俩收拾停当后，就说“二妞，回家了。”母亲抱着被子走在前面，二姐提着小方巾包跟在后面，两人什么也没说，只有我依然一路蹦跳着。

到了船上后，母亲脱了外套摇起了船。二姐默默地坐在船梁上，我是跑前跑后地与她说着话。或许是被我吵烦了，二姐站起来与母亲做起了对档，一同摇起了船。

到家后，我立马跑到阿毛家，告诉他，今天我吃到镇上的蛋面了，而且还把二姐带回了家，阿毛听后很是羡慕，说也要让娘带他去吃面，还要吃排骨面。

第二天，当我背起书包准备上学时，却看到二姐随着母亲和大姐一起出门去干活，我问母亲“二姐怎么不去上学了?”母亲只说了句，“大人的事情不用你操心，你给我好好读书就行了。”

到此时，我才知道，就在我高兴地吃到镇上那碗蛋面的同时，二姐却是痛苦地结束了很有前途的读书生涯。

好多年后，当我跟二姐谈起当年的情景时，二姐苦笑着说：“你以为我是心甘情愿的，你只顾自己高兴，也没看到娘的眼里满是泪，怪只怪我是个女娃。”

从此后，我那聪明的二姐，我心中的偶像，就这样，永远地成为了一名农家妇女。

军嫂家的来客

湖泾村上的刘爱华是个让所有男人看了都会心动的女人，然而谁也不敢想，也不敢去采摘这朵村花，因为她注定是一个人的。当身穿二杠三星军服的刘亚军回到小村时，这朵鲜花也就有主了。

爱是一种说不清的甜美感觉，短短的探亲假在卿卿我我中度过了，无比的温柔和甜蜜被军人藏进了心海，叮咛似车轮撞响铁轨，千言万语无尽头。

送走了亚军半年后，一个身穿军服的男人打听着来到了湖泾村，在刘家住了下来。

开始时，村里谁也没有把这当回事，慢慢地，有了一些传闻，说孤男寡女的在一起，怎么就一点事都没有呢。村中好事之人也把这当作了一个疑难问题，用了不少的精力来解答。

办法其实也简单，有个小伙子用起了传统的方法，听房。不听不知道，一听吓一跳。原来，那个男人和刘爱华睡到了一个被窝里，把个听房的小伙羡慕得要死。第二天，一条爆炸性新闻传遍了湖泾村——爱华是个耐不住寂寞的主。

刘爱华并不知道这事，当她看到了人们异样的目光时，还以为自己那已六个月的身孕的样子有点怪，这才使人们改变了目光。然而，流言终于还是刮进了爱华的耳朵里，那是村人在谈话时她无意听到的。爱华感到了事情的严重性，这可不是一件光荣的事情。

当天，她就和那个男人商量起来。傍晚时，爱华挨家挨户地叫起了大叔大婶，叫大家到她家去坐一坐，说是有事要跟大家说。这是湖泾村祖传下来的规矩，有事一同商量，虽说爱华做了对不起亚军的事，但她能请大伙出面解决，这还是一件好事。

大伙把个客厅给坐得满满的，爱华这才说：“我家亚军在外边，这些日子来，承蒙大家的关心。前些日子，部队也派了人来照顾我，这让我感激不尽，今天我让大家都来，就是想介绍一下部队上来的同志。”说话间，从里间走出一个人来，大伙怎么看都感觉像是个女的，就是一个平板头让人有些生疑。

看到大伙怀疑的目光，那人走到一个上了年纪的妇女跟前，把她叫到了内间。出来时，妇女脸色沉重地跟爱华说道：“闺女，让你受委屈了，以后有她照顾你，我们也就放心了。”接着她又对大伙说：“明明是个大闺女，今后谁再瞎嚼舌，看我不撕烂了他的嘴！”

送走了大伙后，爱华的脸上露出了笑容，事情总算平息了。只是那个留着平板头的女兵，此时却已泪流满面，因为在她心里藏着一个秘密，这个秘密要等到爱华肚中的孩子出世才能道出。亚军他再也不会回来了，他在解救一个被困战友时，大火无情地夺去了他的生命，而这个战友就是她自己。

我能数到99

这是一条老街，街面是光洁的石板，临街有很多店铺，一直以来人气都很旺。随着现在建筑群和商贸业的兴起，老街像是个风烛残年的老人一样被人遗忘，失去了昔日的繁华寂静下来，静得只要有人走动，整条街都会响起鞋子与石板的敲击声。

老街上没住几户人家，清一色的老人，出行不便和设施简陋，让儿孙们都搬离了。

一大早，沉寂的老街第一次响起脚步声。在零乱的脚步声中，传来一对老人的说话声，“老头子，你走路不能慢一点，算你是三只脚，想把我这个破老太婆给甩了。”“不急不急，我顾及你一只半脚，已经走得很慢了，你不会是在数石板吧？”“嗯，看你说的，哪能天天数石板啊！还不是我的腿不利落。”“好好，我等你。”“嗯，这才像点样子。”

这是秋儿与春花老两口，秋儿在前，手里拄着拐仗，正笃悠悠地走着。在他的身后是娇小的春花，腿有残疾的她跟不上，嘴里埋怨起来。

熟悉的人都知道，他们是绝配的一对。对于秋儿来说，年龄比他足足大五岁的春花是绝对的领导，只要春花说是对的，他从不会说是错。大伙都夸春花有本事，能把秋儿治得服服帖帖的。对大家的评价，春花只是笑笑，管男人还要什么技巧啊，是秋儿自己听话罢了。

孩提时的秋儿是老街上出了名的调皮大王，整条街的孩子都归他领导。春花是个典型的江南女子，从小就很乖巧讨人喜欢。大人们都说，将来谁家能娶到春花，那是他家祖宗三代积的福。

这帮男孩子听到赞誉声，看看娇小的春花从骨子里透出来的秀丽，着实让他们心动，在做过家家游戏时，都抢着让春花做媳妇。春花从不得罪人，几乎做过所有男孩的媳妇，唯独没给秋儿做过媳妇。

秋儿是大王，不想做那些婆婆妈妈的事。有次在伙伴的纵容下，秋儿要春花做回媳妇，不想春花爽快地回绝了，让秋儿下不了台。好多年后，当秋儿旧事重提时，春花笑着说，要是自己做了回你的媳妇，还有谁敢再娶自己啊！那就没什么好玩了。秋儿听了只是嘿嘿一笑，原来小女人挺有远见的。

春花十三岁那年，有天走在老街上，突然感到脚下一空，一阵撕裂般的疼痛后就失去了知觉。等她醒来时发现自己在卫生院里。父亲说，你走路怎么光顾上面不看脚下的，石板上明明露出一个大口子也没看到，两根骨头都断了。春花忙问医生会不会有事，医生说，长得好没事，长不好就会有后遗症的。虽然春花一直盼着骨头能长好，可最终没能如愿。好端端的石板怎么会出现裂缝了呢？春花想不通。

那年的秋儿已满八岁，进了学校开始接受正规教育。聪明的孩子一学就会，没几天就学会了数数，为了显示自己聪明，秋儿想到了街上的石板。

放学后，他叫上那帮孩子，从街头第一块石板开始数起，一数就数到了99。才读书的孩子，99可是个很大的数字。为了证明自己是正确的，他让几个孩子取来了木棍，大伙一起动手，把那块代表99的石板给撬起了一半，想第二天让大人们帮着来验证一下。不想撬开的石板让春花中了招，从此还落下了残疾。

春花知道是秋儿害得自己断了骨头，拄着拐仗找上了门，一把抓住秋儿的胸脯就让赔。皮了那么多年，连大男孩都不怕的秋儿，看到满脸怒火的春花，吓得腿直哆嗦，“赔…赔…我赔不起，要不就养你一辈子吧。”春花第一次看到秋儿这个样子，心里一软，稀里糊涂地就答应了，“行，那你就养我一辈子吧。”说罢一拐一拐地走了。

腿上的残疾并没有影响春花的吸引力，到了谈婚论嫁的时候，说亲的媒婆是踏低了门槛，但春花一口认定非秋儿不嫁。秋儿的母亲不干了，把秋儿叫到跟前，让他去告诉春花，自己不要她。“春花是我老婆！不能不娶的！”似懂非懂的秋儿说道。母亲当即给了他一巴掌，你小子真没出息！

棒打鸳鸯也不散，看到孩子都很执著，两家就为他们举办了婚礼。婚后，秋儿一根手指都没碰春花一下，相反倒是春花常常发发脾气，让秋儿受用受用。

两个老人走着走着，春花突然说，“99！老头子，还不谢谢媒婆，没有它，你做梦也娶不到我。”秋儿嘿嘿一笑，用拐杖捅了几下，“该死的石板，让我整天做小人。”“什么什么？难道我欺负你了！”春花凑上前去就要揪秋儿的耳朵，秋儿把头侧了侧，“开个玩笑还不行吗？让人家看见会笑话的。”“我看你啊，今生要是没有我，早晚会出事。”“也是也是。”随后街上又响起了那熟悉的脚步声。

千年一梦

在水乡古镇长大，略知那飞檐斗角不只是为了好看，它还有其更深远的内在含义，那里包含着千百年来人文历史的变迁。如今的老街又慢慢地吃香起来，古老的石板街应着时髦女郎的高跟鞋，奏出一曲时代欢歌，在一路的欢歌声中，我终于来到了水乡古镇周庄，融入了这古色古香之中。

小桥流水人家，小家碧玉般的俊秀，这是江南特有的风情。随着人流，来到了闻名中外的双桥，坐在石栏杆上，看着临水人家，倍感亲切，遥想当年建筑者的独具匠心，忽感觉身边多出了一件灰白色的长衫。好奇的我，沿着那底线往上寻找，目光终于停留在那人的脸上，这是一张古老却显隽秀的脸，白白的长须足显其城府之深。

在这样热闹的地方，能看到这样一个人，我想这也是我的造化，于是我忙把屁股向边上挪了挪，说道："老先生，您请坐。"那人看了看我，点了点头，"不坐了，站着看得远。"他的声音不紧不慢，有地位有学问的人才这样说话。

"站着看得远"，这倒也是，看来是站着好，我也随即站了起来，与他一同站在双桥上。"老先生，您从哪儿来?""这儿就是我的家。"我这才明白，他是本地人，"这么说，您是有意穿着古装来调节气氛的?""我打小就是穿着这种衣服的。"说这话时，他的声音有点儿变味，看来穿什么服装并不重要，我还是与他说些别的吧。

"老先生，周庄的沈厅很气派的，那个沈万三更是了得，想当年，他是富可敌国，名扬国海，您说是不是?"

"唉，那都是过去的事情了，一片好心却换来了充军发配的孬下场。"

"不能这么说，那南京城墙现在还在，那聚宝门至今还有人想着去盗挖，把个聚宝盆偷回家呢。”

“可恶的聚宝盆，可恶的万贯家财，让人受尽了苦难！”

“老先生，你也太悲观了，有钱那是件好事，你没听说‘有钱能使鬼推磨’嘛，金钱虽不是万能的，但没钱却是万万不能的。”

“小伙子，你还年轻，其中的世故，跟你说了你也不会明白，你看那游船上的那些人，他们玩得多开心，这或许是他们第一次坐船游玩，要是让我坐船，我可是什么感受都没有，习以为常了。”

这倒也是，看稀罕看稀罕，就是要得这种感觉，我不得不佩服眼前的这位老先生。“小伙子，人世间的事情大都是这样的，习惯了就没什么意思，这双桥在你眼里可能也没什么了不起，水乡这样的桥多得很，可对周庄来说却是个转折点，从此这里就热闹了起来，害得我也不得安宁，只能出来散散步了。”

“那么，老先生，您家住在哪里，能否带我去参观参观，也好让我开开眼界。”

“行啊，不过话说在前头，现在那里有很多的人，他们也像你一样，想开开眼界，看出个子丑寅卯来。”

“怎么，您家还这么出名，那您是……”

“沈厅就是我建造的。”说罢，老先生飘然而去，消失在人群之中，我或梦或醒，傻站在双桥上，不知东南西北是何物。

最后的巡查

这是一座空城，几个小时前，上级已向全城居民发布了命令，要求大家全部撤离到安全地带，整个城里可能就林宏一人了，现在他的任务是驾着摩托作最后的巡查，确保所有人都已安全撤离。

此刻城里显得格外宁静，所有的商铺都拉上了防盗门，没人的感觉确实可怕，林宏不自主地颤了一下。

围堰还没打开，洪水依然被挡在外面。林宏看了下表，离炸开围堰还有一个多小时，林宏心里默记着，摩托在街巷里飞快地驶过。突然边上的商场里有个黑影闪过，像是有人，林宏忙停下车。

主人走得太性急了，大门也没关，林宏顺利地进入了商铺。绕了一圈也没发现有人，正当此时，从里面窜出一条大狼狗来，原来是狗在作怪，林宏放心了，正要离开之际，突然看到货柜上放着一排名酒。

对酒林宏是情有独钟，可制度规定工作时是滴酒不沾的。然而今个情况有点特殊，再过一小时，这些东西都会变成废物，浪费了太可惜。因此，林宏跑向货柜，把一瓶洋酒给拿了下来。第一次喝洋酒，林宏下口很小，细细地品尝着，没有多大的感觉，第二口下了肚，感觉这酒有一股子娘娘腔，远没老白干带劲，不是自己这样的粗人所能享受的，看在价值不菲的份上，林宏一口气把酒喝下了肚。

一条条街巷随着车轮而过，酒力慢慢地上来了，林宏感到有点儿头昏目眩，不得不把车停了下来，骂了声“臭酒，还挺凶的。”摇晃的身子向安全地带而去。

到了指定时间，随着一声巨响洪水就进了城。步行的速度怎比得上车子，林宏正在街上走着时，洪水就从他身后来了。听到水声转身一看，酒当即给吓醒了，林宏拼命飞奔起来。出巷口时看到一个街心公园，那里有一棵五百多年历史的古银杏树，林宏把唯一的希望寄托在那棵古树上。功夫在身，三蹿二跳就上了古树，在最高的一个枝头上，双手紧紧地抱住树干，还用皮带拦腰把自己捆在了树上。待做完这些动作后，洪水已来到了古树下，巨大的冲力把古树震得直摇晃，林宏心底默默地祈祷古树安然无恙。

正是有惊无险，古树在洪水中是屹立如初。林宏看到渐渐平静下来的洪水，一颗悬着的心也慢慢平静下来，庆幸自己找对了地方，不然的话，自己已成了水下之鬼了。

时间一分一秒地过去了，林宏知道，要等别人来救自己已不现实了，生的希望掌握在自己的手中，不能等了，乘着自己还有一丝力气，一定要游着到安全区。这时水中漂来一块用泡沫制成的大招牌，林宏去掉皮带，跳入水中，把身体扑到泡沫上，向着安全区而去。

最先看到水中异情的是空中的直升机，当林宏游出小城时，他已感到再也没有力气了，只得趴在泡沫上随水漂流。飞机上的人员看到了他，立即飞过来，放下了绳索，把他吊到了安全区，就这样，林宏得救了。

看到林宏归来，大家都很高兴，林宏汇报了自己战胜洪水保住生命的经历，只字没提偷喝洋酒的事，于是林宏就成了英雄。

抗洪的战斗还在进行，看到战友们一身泥、一身水地在与洪水顽强搏斗，林宏得意的心猛地一震，正当此时，不远传来了管涌的可怕消息。林宏忙随大伙一起到管涌地段进行抢险，由于水太深，一时找不到管涌的确切位置，林宏自告奋勇跳进了水中。

一分钟过去了……二分钟过去了……三分钟……十分钟……林宏还没上来，意识到问题的严重，好几个战士冒险跳下了水，这才发现林宏正死死地卡在那个管涌的洞口。

大伙费劲才把他给救上岸，但林宏却永远地走了。当领导轻轻地抹去林宏脸上的泥水时，林宏紧闭的眼中缓缓流出了两颗晶莹的水珠……

废墟边的读书声

大山的深处散落着一些小村落，山里有所小学校，任教的老师只有一个，他就是几年前，从这里走出的唯一的大学生大林。按理说，大学毕业后，他完全可以留在城里找份工作的，可还是选择了回到了自己生活过的大山里，做起了老师。大林想通过自己的努力，让这片土地上的学生中也能走出一二个或许更多个像自己一样的大学生，大家一起来建设好这片家园，让子孙后代都能过上富足的生活。

大山的学校与城市里的不一样，崎岖的山路让这些山里的孩子只能选择住校。为此，大林既是老师也是后勤人员，教好书后还得忙着为学生们做饭，大家就像一家人，吃着一锅子里的饭，睡在一张通铺上。

那天下午，大林正给学生们上着课。突然间，大林感到一阵头晕，大地随之抖动起来，等脑子反应过来是地震时，房子已发出了噼里啪啦的声响，眼看着就要倒了，求生的渴望让从未经历过大灾大难的大林本能地向门口跑去。

孩子们的惊叫声让大林止住了脚步，回头看时，只见一双双充满恐惧的眼睛正盯着他看。“快往老师这边跑!”，大林大喊一声，孩子们很听话地跑了过来。大林用手抓起跑过来的孩子，使劲把他们一个个掷到了门外。当他掷出最后一个孩子自己想奔出门时，房子轰然倒下，混凝土制成的框架重重地砸在了他的腰部，一阵钻心疼后就失去了知觉。

等大林醒来时，那些躲过一劫的孩子正围在他的身边。“老师，老师，我们帮你把压在身上的东西搬开。”年龄最大的土娃说，浑身疼痛难受的大林心里也盼望着能把那些重物搬走。然而水泥预制板实在是太沉重了，孩子们根本不可能搬动。看着小手都掰出了血，大林心疼地说，老师怕疼，不要再搬了。孩子们看到老师额头渗出黄豆大的汗珠，知道老师真的很疼，很听话地停止了无用的努力。

“大家都没事吧？”“小玉的腿被石头给磕破了，大根的胳膊流了好多的血……”“是不是老师掷你们时碰破的？”“是啊！是啊！”“是老师的不对，刚才老师急昏了头，没想到伤着了你们，小玉，大根，老师对不起你们。”“不，老师，是我们连累了你，你忍着，我去叫大人来救你出来。”土娃说罢飞快地跑了。

余震一次次地袭来，身上的疼痛在加剧，一阵阵恐惧感向大林袭来，大林多么希望早点有人来救自己。然而，土娃很快就回来了，他说地震把出山的路给堵死了。山里就那条道，没有了路，不要说是孩子，就是大人也很难走出去，现在最安全的办法就是待在原地等待机会。时间在流逝，自己到底该做些什么呢？大林艰难地抬了下头，看了眼身边的孩子们，突然想起了一件事。

“孩子们，我们继续上课吧，你们把我教过的课文一个个背给我听，土娃，你就辛苦一点，带两个同学到附近去找些野果、泉水什么的，这样我们就不会挨饿了。”

孩子围到大林的身边，轮流背起了书。孩子们说肚子饿，大林就让他们吃些野果子、喝些山泉水；孩子们说困了，就让他们相互照应着打个盹。

好多天后，当救援部队来到深山中的这所学校时，他们远远地听到有学生在念书。听到读书声队员为之一震，飞跑过去一看，只见在废墟边围着好几个孩子，他们正在背着书。再近时才看清，在这些孩子的前面，有一个人正趴在那里。

救援队员拨开学生想看看那人的情况时，有个孩子小声地说，“叔叔，大林老师正在听我们背书，你们不要吵着他。”救援队员听孩子这么一说，小心翼翼地上前想扶一下，可才伸手，眼前顿时模糊起来，这位年轻的老师已死去多时了。

网络友情

踏上教师的岗位已二年多了，由于毕业后在不同城市的原因，在大学时相恋了二年多的男友也慢慢疏远了。想到与男友花前月下那段甜蜜的时光，我心里就有种失落感。为了打发在家休息时的无聊，我特地配了台电脑连上网，开始迷恋上了网络成了 QQ 一族。

与手机号一样，我特地花钱在网上购得一个靓号，起名“玫瑰皇后”，从此吃过晚饭后，我就坐到电脑前，把青春时光都消化在 QQ 里。

像我这样工作好，人也长得不错的女孩，自然少不了追求者。办公室里几位年长的同事，经常当着我的面与年轻帅气的王老师开玩笑，“小王，近水楼台先得月，放着美女你不追，到时可别后悔啊！”“哪能不想啊！只要如兰表个态，我立马跟她去办证。”如兰就是我。听到这话，我是不点头也不摇头，只是一笑了之。

那天晚上，我正聊得起劲时，QQ 上跳出一个框来，有人要求加为好友。好多网友都是冲着靓号来的，原则上我都会回绝对方的。就在我想点击回绝时，看到附言上的几个字，立马让我改变了主意，“天涯觅知己”，能有个知己多好啊！于是 QQ 里多了个名叫“快乐王子”的好友。

网络是个虚拟世界，我不敢留下任何真实资料，在年龄上写了个十分夸张的 10000，还在附言里写下了“已婚，有一女”的字样，这样少了许多盲从者。

与快乐王子聊过后才知，他就是冲着这个数字找上门来的，说 10000 应该代表爱你一万年的意思，这是一个最好的祝愿。后来知道快乐王子也是个老师，还是个很懂生活也很风趣的人。好多次，我都把两人在 QQ 上聊到的风趣事说与同事听。听得多了，有同事跟我寻开心，你每次都说自己与快乐王子的事，不会是喜欢上了人家吧。我笑着说喜欢又能怎样，要是人家也是单身的话，我还要与他处朋友，做夫妻呢。听过我这段表态后，老教师说我傻，年轻教师说我疯。每逢这时，王老师总是一个人默默写着教案，老师就拿他开涮，说他吃醋了。

说过处朋友做夫妻的话后，我的心里多了一个心意，在以后的聊天中，有意无意地问些生活和家庭方面的事情。快乐王子说自己还没谈对象，很想通过网络结交一个异性知己，促成一段浪漫的姻缘，共同走完人生后半程。好几次我想告诉自己的情况，可一想到这是网络，也就没把真实情况说出来，只是含糊地写道，自己以前也曾有过这样的想法。快乐王子看后来了精神，说我与你很投缘啊！

我对着屏幕笑了，那傻小子还当真啊！等笑过后打出一行字：这网络上的事你还当真啊！快乐王子没有加以辩解，只在屏幕上回了一行字，我是当真了！

第二天，当我把这事说出来后，同事劝我千万不能当真，说不定就是个圈套，到时被骗财骗色了。也有人替我想出了个主意，让我用视频来看清快乐王子的真面目。当我提出视频聊的要求后，快乐王子说自己没有这样的设备，等以后有了再说。我追着不放，一定要让他传张照片给我。等了好久，对方才有个文件上传，像是用手机拍的，那技术也太差劲了，通过模模糊糊的人像，我感觉他很像一个人。

第二天到办公室后，我把此事告诉了大家，还问王老师有没有模样相像的兄弟。王老师边摇头边风趣地问，我真的很像快乐王子？不会是编个故事来挑明你也喜欢我吧。我听后大笑起来，王老师你真逗。

然而有一天，我才上去，快乐王子就正儿八经地向我提出了求婚，说自己一辈子只爱你一个。我说你的玩笑开大了。他说我是当真的，要不是父母逼得紧，我会一直等下去的，可现在不行啊！父母已托媒人为我介绍了好几个对象，总不能一拖再拖吧。我说，不会吧，现在还有父母包办的婚姻啊！你一定是酒喝多了在骗我，还是早点休息吧，说罢就关了 QQ，自个儿在电脑上玩起了游戏。

随后的几天，我一回家就守在电脑边，可快乐王子却一直没出现，好几次给他发信息，也得不到回答。

在网络上蒸发了半个月后的一天晚上，我看到快乐王子的头像闪了几下，好像是丢了魂的人一下子找到了主心骨一样，我忙发去了一个笑脸。屏幕上立即出现一行字：如兰，明天我就要结婚了，我真的很想与你过一辈子。

我一惊，他怎么知道自己的名字，想到已请了长假的王老师，我的脑子里是一片空白……

钞票征友

今天是十号，是我们单位发薪水的日子，早在一个星期前，我就盼着这一天的到来。从财务室里出来，我又一次地点起了用一个月汗水换来的那几张印有伟人头像的钞票。就在这时，钞票上的几个铅笔字引起了我的注意。那字显然是出自学生之手，写的是一个班名和一个姓名。这事以前我也听说过了，说每个学期开学时，学生交来的学杂费中，总会发现有假钞，为了减少损失，老师们就会让学生在钞票上写下自己的名字，这样一来就避免了发现假钞后死无对证的现象发生了。

看到名字，我灵机一动，想到了以票结友。于是我就找来铅笔，在每一张钞票上都写下了征友告示，在下面留下了我的小灵通号码。名字自然是不能写上去的，小灵通接听是不要钱的，这样我也就不会有什么损失。

也别说，这钞票像流水一样，今个在我手中，也没过半个月，绝大部分就到了别人的的手里了，开始时我还真的盼着能有人给我打电话，可十来天过去了，什么事也没有发生，我也就把此事给忘了，直至到了来月发薪水那天，领到钱后，我才想起那事来。

真应了心想事成这句老话，下班后，我怀揣着薪水还没到家，小灵通就响了起来，一看是个陌生的号码，一接，只听得一个软软的糯糯的女声，我问你是谁，对方告诉我，她叫小方，是看到留在钞票上的征友消息后才打电话的。

好事来得也太突然了，而且听声音一定还是个少女，心跳当即有点加快。倒是对方很平静，像是与老朋友说家常一样，告诉我，以前经常上网交网友的，已感觉不出什么刺激了，今个儿看到我的征友信息后，觉得很有味，因此就打了电话，她还问我在什么地方，当我一说起自己所在的这个城市时，对方立即叫了起来，说我们真的有缘，她也是这个城市的人，当即提出要见上一面。

听到见面，我有点后怕了，担心会不会是什么圈套。现在什么事情都有，我可不能上当了。然而对方像是知道我的心情一样，说网友见面的事自己经历了多了，我们的见面就放在人多的地方，你看城市公园怎么样。城市公园那地方我是经常去的，每到双休日，到那去的人真的很多，特别是那些新人，更是到那里，让摄影师留下一生中最美好的记忆。经过细想后，我认为那样也没什么，于是与小方约定星期六上午在城市公园见一面。

星期六那天，我特地早早地出门，到美容店去把头发弄了一下，这样就显得更有生气了。也别说我早，小方来得更早，远远地就看到她坐在城市雕塑边的石凳上，那火红的连衣裙着实惹眼，走近后，更让我心动的是她那苗条的身材和迷人的脸庞，看来我的桃花运到了。我打了个招呼，两个人就算是认识了。这样的事情毕竟以前没有经历过，开始也不知说什么好，只能说说自己的情况，谈着谈着，我们就有了共同的语言，话也多了，不知不觉中就到了近午时分，我自然提出要与她共进午餐，小方死活不同意，说会有这样的机会的。

星期一一上班，我就感到该出事了，因为我的眼睛跳得厉害，才进办公室，同事就用坏坏的眼神看着我，说我得请客，不然就会天下大乱的。我说别这么恐怖好不好，怪吓人的。同事笑着把他的那只数码照相机拿了出来，说你看看吧，是我恐怖还是你恐怖。我打下液晶显示屏一看，当即头就晕了，原来我星期六的好事都记在里面，看来是该天下大乱了，我正要删除，同事一把抢了过去说，这点小事他会做的，只要请大伙撮一顿，立马什么事也没有，我忙点头同意了。

下班前，我打了电话告诉老婆，说今天有个应酬不回家吃了，随即安排同事们到附近的餐馆，同事知道我的能力，说你只要拿出五百元就行，多了大伙出。我想自己也就那么多，就全掏了出来，由他们去点菜。不过就在开始时，让我惊奇的是，有个女的敲门进来，却是那个与我约会的小方，同事们这时是笑得前仰后翻。再听小方一说，把我也乐倒了。

原来这一开始就是他们在捣鬼。由于我一个月老婆才给我五百元钱，所以到了月中后旬就会出现赤字现象，这时就得向同事借钱渡关，那天我把写有征友启示的钞票还给同事后，他们就策划好了这场戏，知道当时我口袋里已不剩几钱了，就等着到发薪水时再来了这出美人计，这小方是同事的表姐妹，是文化馆的小品演员，让她客串了一回，自然是水到渠成了。

大伙是杯碰杯好不热闹，只可怜了我，这个月才开头，就空着口袋，看来只能是做个穷鬼了。

冤家的蛋糕

接到老婆的电话，正做着活儿的龙根忙赶回家，进门就看到老婆阿芳与儿子李强坐在桌边，桌上有个大蛋糕。

谁过生日，是老婆还是儿子？龙根有点犯糊涂。经过阿芳提醒后，龙根才反应过来，原来是自己的生日。以前都是自己和老婆为儿子过生日的，想不到今天换了个身，老婆儿子买了个大蛋糕来给自己过生日，龙根激动地连声夸老婆和儿子。不想阿芳却说，“什么老婆儿子好，你先看看是谁给买的，怕是还有比我们更好的人呢！”

听老婆这么一说，龙根皱了下眉头，会是谁惦记着自己的生日？带着疑惑凑上前去一看，那蛋糕的装饰花上还有一张小纸条，写着祝李龙根生日快乐，下面落款是张根弟。

“张根弟”这个名字对龙根来说再熟不过了，以前的老邻居，现在是冤家，自己可以与村上所有的人要好，唯独这个人除外。

原本李家与张家是隔壁邻居，要说在老宅时两家很合得来，有事没事两个人都会串串门喝喝小酒的。龙根之所以对张根弟这样毒，是造房时张根弟没有满足自己的要求。为了把新房建得舒心些，龙根动起了张家屋边空地的脑筋，不想一向随和的根弟死活不同意，说自己祖宅不能动的，动了会得罪祖宗的。看到自己达不到目的，本来脾气就不太好的龙根发起耿劲，不给就不给，我出宅算了。

虽说出宅后的新房很舒畅，从此两家也不再是邻居了，可龙根却一直把这事放在心上再也不理根弟。即便在路上遇见了，根弟热情地跟他打招呼，龙根只当没听见，只顾自己走路，弄得根弟很是尴尬。

自己都不记得生日，想不到张根弟会记着，还送来了大蛋糕。“这蛋糕真是他亲自送来的？”“不是，”阿芳说，“是蛋糕店送上门来的，我估计人家怕你不接受。”“噢，是这样啊！想不到这老东西还够义气，可我不想要他的东西。”说罢把手伸向了蛋糕。

李强一看父亲这个模样，忙说道：“爸，这么重的一份心意，不能随便丢的，那可是为您祝寿啊！”李强顿了顿，“我看张叔这人蛮好了，人家不但不记恨，还给你送来了蛋糕，就凭着这份真心，我看得请他一起来为您祝寿才对。”

“我们把你叫回来，就是想与你商量，要不要乘着这次难得的机会，把根弟全家都请过来，借着为你过生日来消除以前的隔阂。”阿芳征求起龙根来，龙根没有吭声。

当晚，两家人围着桌子，几杯酒下肚后，龙根与根弟的话就多了起来，以前的不快都抛到了脑后。

待吃过蛋糕后，阿芳突然提起了儿子的婚事来，“强儿，过了年你就二十五了，再不着急找对象的话，怕是找不到好女孩子了。”李强立马接下话头，“又不是我不想找，是爸不同意！”“什么不同意，你自己的事怎么赖到我身上了。”龙根借着酒劲回应起来。

“我不是早就跟你说过，我只想娶张丽，可你不同意。”李强这么一说，把根弟的女儿张丽羞得低下了头。

“就是嘛，强儿与丽儿从小青梅竹马的，你与根弟喝酒时常说，他们是天生的一对，到时我们要做亲家的，可你却反悔了，还从中作梗，要是儿子找不到媳妇，我跟你没完。”

明明是给自己过生日，怎么就涉及到儿子的终身大事上来。自己是看着张丽长大的，应该是个好姑娘，于是顺着阿芳的意，“儿女的事，你们认为合适就好，我没有意见。”

听到龙根这么一说，李强激动地拉着张丽的手，脱口而出，“成功了！成功了！”大家都笑了，龙根左看看右看看，“原来你们是串通好了来骗我啊，刚才我就在怀疑，这蛋糕到底是谁买的？”

看到追问蛋糕的事，根弟忙解释道，“龙哥，这蛋糕确是我出钱的，只是让强儿与小丽代劳了一下，我可是诚心诚意给你过生日，顺便再提一下儿女的亲事。”“行行，我服了你们了，来，为儿女的喜事，我们老哥俩再好好干几杯。”“干！干！”

五彩之星

世博新村是个动迁小区，里面的居民大多是为迎接世博会，积极配合政府从市郊农村搬迁来的，王新就是其中之一。

王新今年已是二十六岁了，以前也谈过几个对象，可没有一个姑娘肯做他老婆。不是王家条件特别差吸引不了姑娘的心，而是王新的母亲阿秋是个出名的快嘴婆，大家看到她都会惧一脚，女方父母怕自家姑娘过门后会吃亏，不愿让姑娘进他家的门。眼看着别人家的孩子都结了婚，阿秋的心里可着急了。

为了儿子的大事，阿秋收敛了不少，还笑着脸去求媒婆帮着介绍对象。通过媒婆的物色，有个姑娘同意上他家来看对象。机会难得，一家人是全体出动搞卫生，把房间和院子弄得是干干净净，只等着媒婆把姑娘带来。

就在一家人认为是万事俱备之时，媒婆托人捎信过来，说姑娘父母听到阿秋的闲话，也不知是真是假，所以想证实一下王新家是不是“五彩之星”家庭，如果是“五彩之星”家庭就同意这门亲。

“五彩之星”家庭评比是为了迎接世博会而举办的一次活动，是要在全市弘扬崇尚科学、倡导文明、遵纪守法、爱岗敬业、家庭和谐的良好氛围。

王新家的“五彩之星”的牌子上，已贴上了象征“科技、富裕、整洁、和谐”四颗星星，唯独缺一颗红色的美德之星，这让王新一家犯了难，要得到这颗星，必须要整个新村人都投赞成票才行，也可以说是“美德之星”是五颗星的最难得的一星。

还是送信的人脑子灵活，说你们不会去借一颗星来装装门面，等姑娘走后再还掉，以后靠自己的努力获取星星，这样不是就能过关了。阿秋听后眼前一亮，这个办法不错，于是就叫王新到老王家去借，因为新村只有他们一家是“五彩之星”家庭。

王新跑到老王家，当他把自己的来意一说后，老王当场就同意了，可老王的父亲却死活不肯借，对王新说：“我活了九十多岁了，靠着诚实守信过日子，这种骗人的勾当是万万做不得的，你还是回去吧。”

看到儿子空手归来，想想事情的重要性，阿秋只得亲自出马，她悄悄地把老王叫出了院子，“王叔，你看我家王新也老大不小了，好不容易有个姑娘肯来家里看看，这样的机会可不能失去了。只是我家的情况你也知道的，不就是因为我这张嘴，所以没能弄到那个‘美德之星’，现在姑娘提出来要看牌子，我怕少了它姑娘会不乐意，所以只能来求你了。”“阿秋，不是我不想借，你知道我父亲的脾气，牌子在他的房里，我也没办法。”“王叔，你能不能偷偷地帮我拿出来，整块不行就只拿一颗星星。”这句话提醒了老王，于是他就偷偷地进了父亲的房间，用红纸去换下了牌子上的“美德之星”，让阿秋拿走了。阿秋拿到星后高兴极了，现在是什么都不缺了。

像是计算好了时间一样，等一切就绪后，媒婆带着姑娘就上了门，当姑娘看到王新家大门上挂着的那块“五彩之星”的牌子时，脸上露出了笑容。心里舒服了，谈得也很融洽，可就在大功告成的关键之时，老王的父亲气呼呼地跑了进来，一看到阿秋就骂她不道德。老头子这时来闹场子，不是存心与自己家过不去，阿秋正想要发火，老王跑了进来，拉着父亲一个劲地认错，在他的身后，还跟着一个扛着摄像机的小青年。

原来事情就是这么巧，就在阿秋把“美德之星”借回家不久，电视台的记者来到了老王家，他们想拍一组镜头，宣传一下这个四世同堂的大家庭，同时也把“五彩之星”家庭竞赛活动推广出去。

老爷子看到电视台的记者自然高兴，乐颠颠地跑进自己的房间把那块“五彩之星”的牌子给请了出来。毕竟上了点年纪，眼睛不太好使，他还没看出来最中间的那个红色的东西已不是原来的星星了。看到记者在摄，还对记者说这是上级对自家的最高荣誉。当镜头聚焦到牌子上时，记者感到不对劲，那中间是一张红纸，并非是“美德之星”，忙放下机器问这红纸是怎么一回事。

老爷子低头一看，只见原来贴星的位置上不知几时换成了一张红纸，愣了一下后，立马知道了是怎么一回事，放下牌子就气呼呼地跑到了王新家。

姑娘知道事情的原委后，抛下一句话“没有就没有，干嘛要骗人呢？几时真有了星我们再谈吧。”说罢就独自离开了。

经过这次风波后，阿秋像是换了一个人似的，不仅主动与邻居搞好关系，还积极配合在新村里做公益事情。终于在新一轮的评选中，大伙都投了他家的票，王新家也拿到了“美德之星”，真正成为了“五彩之星”家庭。

当阿秋奔出门想托媒婆把这个消息告诉姑娘时，却见王新的摩托车上带着一个姑娘回家来了，等姑娘下车后，阿秋才看清，那姑娘不就是上次来家相亲的女孩，于是一脸雾水地看着儿子。王新笑着说：“我与李娟早就认识了，我是怕你改不了原来的脾气，到时你与李娟处不来，所以让王大爷与一帮兄弟帮忙，想了这出借星相亲的戏来，就想让你改变一下，现在终于成为了“五彩之星”家庭。今后，我们为了这份荣誉，真正成为和谐温馨的一家。”

阿秋听着儿子的解释，看着未来的儿媳，开心地笑了。

今天我请客

费了好大的劲，也花去了我全部的私房钱，好不容易让自己的作品集问了世。为了这本集子，我是麻烦过很多人，为了答谢，我委托同事，在周末设宴招待这些帮助过我的人。同事是一口答应了，说你只要准备好钱就行了，其他的事由他一手操办。

到了周末，同事让我早早地到本地最好的酒楼聚香楼，在那里定好一个能放两桌酒菜的大包厢，然后在那里等着他们的到来。

档次高的酒楼，菜价也高得吓人，为了省钱，我只点了些家常菜。即便这样，也要出不少钱，心里就有点后悔，不应该想出这个馊主意，可事到如今只能破费了。

约定的时间还没到，同事已带着一大帮人早早地来了，看后实有点吃惊，因为他们不全是帮助过我出书的，有好几位都是下属单位的一把手，也不知同事为什么会请他们。

中国人的传统，不论是做什么事，总有一个主次之分的，像这样吃饭的时候，也有一个主桌主位的，按照惯例，是谁出钱谁坐主位，今天这个位子我是当仁不让的。同事看我急着想坐到主位上，笑着拉了拉我的衣服，我心领神会地跟着他出了包厢。

在过道上，他对着我的耳朵说了几句悄悄话，我听后惊得目瞪口呆。就在这时，一把手王书记在秘书的陪同下来到了酒楼。王书记看到我后，主动握住我的手，“小王同志，祝贺你，自己出书了，是作家了，了不起，了不起！”我是受宠若惊，一个劲地谢领导。那些原本已坐定的也都站了起来，给领导让座，很自然地，领导坐上了主位。

大家坐定后，我问了一句，“领导们喝什么酒？”就听得秘书说，“今天是王老师的大喜之日，大家都喝一样的酒。”随后对着毕恭毕敬站在桌边的服务员说，每桌来两瓶五粮液。五粮液在商场里就要五六百一瓶，酒楼里的价钱就更高了，看来口袋里带的四千元钱，今天怕是连酒钱也不够了，心里一个劲地叫苦，然而看着大家都那么兴奋，我也不能愁眉苦脸的，毕竟大家是在为我高兴啊。

随后的事情更是让我吃惊，好多我没敢点的名菜都给上了桌。我想借上洗手间的机会出去问问是怎么一回事，可坐在我边上的秘书却拉住我说，“今天喝的是白酒，又不是啤酒，谁也不能作弊。来，我先敬你一杯，我的作家老师。”我只能喝了一大口。看到我大口喝酒，两桌人的兴致就上来了，大家是轮番来敬我，敬着敬着，我的舌头大了，脑子也也昏了，随后就什么也不知道了。

第二天中午时分，我才从酒醉中醒过来。手偶然间碰到裤子口袋，感觉里面鼓鼓囊囊，把手伸进去一摸，四千元钱还在，这么说酒楼的饭钱没有付。我忙打电话给同事，同事听到我的声音后笑着说：“伙计，你终于醒来了，昨天你的表现太神勇了，一个人就喝了将近一瓶酒，领导都在夸你呢，说文人就是洒脱，值得培养。伙计，以后升了官可不能忘了兄弟啊。”“有好事还能忘了你，不过昨天的酒钱还没付呢，也不知吃了多少钱？你帮我问过没有？”“这事啊，你就不要操心了，昨天我与司机把你送回家，回到酒楼时，看到好几个老总在争着结账呢。”“这么说昨天不是我请客了？”“他们是买了炮仗让你放啊！”

我听到这里，悬着的心定了下来。随后的日子里，许多好事真的光临到了我的头上，先是我的书销得很快，不仅收回了成本，还小赚了一笔。而后是常有人打电话到我办公室约我，说是上次吃了我的，一定要回请才行，还让我带着办公室的一帮哥们。听到这么好的消息，同事们都乐坏了，大家齐夸我的书出得及时，出得精彩。

炒炒就红

笨女是我的网名，当我看到有人通过网络蹿红后，心里就痒痒的，特别是看到芙蓉姐姐的成名经历后，做梦都想着能出名。

心里想多了，也就会体现在行动上，在论坛上聊着聊着就会不自觉地向网友透露出自己的想法，希望能得到他们的帮助。

网友来自天南海北，这其中不乏有能人。那天，当我又一次把自己的想法贴到论坛上，没过多久，就有一个网友回了贴，说自己有个主意，保证让我立马红起来，就怕我不敢做。

看到有这样的好事，我拍着胸脯告诉他，只要不是杀人放火那类的违法事，别的什么都敢做。那网友看到我铁了心想成名，于是就让我把 QQ 号告诉他，他会在 QQ 上把自己的想法告诉我。

第一次看到这样的主意，我着实吓了一跳。你道是为什么，原来他让我造一段与某个著名导演或大明星的性绯闻，附上自己的近照，一起传到他的博客上，然后由他负责宣传，通过网络效应，来个一传十，十传百，不怕不出名。

现在炒导演和明星绯闻的是大有人在，总能引起轰动效应，看来这的确是个不错的方法。只是我既不是演员，也不是美女，再说那些导演明星只能在电视上看到，现实中不可能有见面的机会的，这样的绯闻想让普通网民相信已成问题，还要让那些娱记相信那就更难了。也许知道我的想法，那边的网友不失时机地提醒我，人家炒过的导演与明星你就不要再去编了，你要往爆冷的方面考虑，我提醒你一点吧，按你现在的情况，可以找一个特老实的名导炒炒吧。

想想也是，不少名导演、明星或多或少都被人炒过了，我找谁来炒红自己呢？自己知道的情况不多，看来还是在网上找吧，在百度上输入“最老实的导演”几个字，搜索下来网上显示说林安是最老实的导演。

当我把这个情况告诉网友时，他说既然网上都说是了那就选他吧。得到网友的许可后，我就开始提笔写自己的性绯闻。可绯闻还没写出来，顾虑却来了，林安的名气实在是太响了，要是他上法院一告，我就吃不了兜着走了，说不定后半世就得在班房里度过了。

看我半天没有反应，那边网友就催了，你到底想不想成名啊，要是想就快点写，要出名就得担点风险的，再说这又不是违法的事情，要是你不放心，到时在博客上写一段说明，就说你当时是喝醉了酒，把自己心里想的好事给写了出来，就像人家拍电影一样，谁也不会当真的。经过这样一炒一闹后，人家名导自然一点事也没有，可你却真正走红了。

对啊！我怎么没有想到这一点呢，放下心里包袱后，我就动足了脑筋，把自己能想到的肉麻文字都动用到了，写出了一段我与林安的超级性绯闻来。当我把文字与照片传给网友后，心里就盼着自己成名的时候早点到来。

当带着我照片的文章上了网友的博客后，他的博客就像是热线一样，点击率是成几何级别上升。我看到这样结果自然是心里乐开了花，看来我是真出名了。

可事情并不像我想的那样，一个星期过去了，虽说回帖很多，可也没几人真正关心我的事情，就连我准备好的说明材料网友也没问我要。正当我感慨这世道不公的时候，网友那边却传来了好消息，他高兴地告诉我，因点击率的飙升，他的博客被网站评为年度最火的博客，得到了三千元的奖金。他还说，能得这个奖也有我的一份功劳，正因为有了我的那篇性绯闻故事，才会吸引那么多的网友来点击，为此他决定今后与我长期合作，让我再编几篇更加肉麻，更加刺激的绯闻来，为博客明年守擂成功共同努力。

原以为网友是在帮助我，没想到却是在利用我。利用就利用吧，反正是出不了名了，只是让我想不通的是，那些网民，特别是报社的老记们，他们看到别人的性绯闻，哪怕只是手拉手的情景，都会像狗崽一样跟在后面找线索，而看到我这样的重量级的绯闻怎么却会无动于衷呢，难道真的是因为林安是最老实的导演，没人相信我说的话。

这个疑问在我脑海里缠绕了很多天，直到有一天，当我看到林安是台湾籍导演时，自己也笑了起来，凭着自己的籍贯，根本不可能与他产生绯闻的。

特殊的服务员

翡翠村是个依山傍水的小山村，随着乡村游一天天火红起来，村里人纷纷在路边开起了饭店旅馆。

林子大了，什么鸟都有，店多了，大家是各使各的招，为生意而忙碌。这天，派出所接到 110 报警，说阿毛饭店正在用三陪方式揽客。这可不是小事，接报后，警车直接开到了阿毛饭店门口，几个民警下车后冲进饭店，进入紧闭着房门的包厢想抓个现行，然而展现在眼前的情景却把他们镇住了，待回过神来后，连忙向用餐的客人连声道歉退了出去。

开阿毛饭店的老板阿毛是个出了名的老实人，他看到大家都开饭店，也随大流开了一家。因为没有把握住最佳时机，饭店就落在了公路的尽头。本来尽头是个好地方，车子都得在那儿调头的，可阿毛饭店所在尽头却是公路的一个延伸处，车子进去后，只能倒着出来，所以上他那儿吃饭的也就少之又少了。

生意清淡，费用却一点也不少，为了生存，他也想了不少方法，还把老婆派到了路口去拉客，但效果并不理想。这样不温不火地过了半年多时间，周围几家也没当他一回事。可不知从那天起，阿毛饭店门口每天都停满了车子，生意一下子火起来，忙得阿毛咧开嘴乐呵呵地跑进跑出招揽生意。

开始时，附近的饭店不以为然，只当是“瞎猫碰上了死耗子”。可随着时间一长，就感到其中必定有奥妙，一打听才知，阿毛饭店包厢里大有文章，客人都说是奔着他的特殊服务而来的，因此有人就报了警。

民警之所以冲进去立马又赔着不是退出来，原来里面所谓的特殊服务，根本与三陪色情浑身不搭界，而是有一只穿着红色小马夹，头戴西瓜帽，训练有素的猴子，正捧着酒瓶为客人倒酒呢，那猴子看到民警进来，还毕恭毕敬地行上一个礼。

那些生活在大城市里的人，就是小猫小狗接触得也不多，有这么乖巧的猴子做服务员，自然是倍感新鲜，大家相互一传，生意兴隆也在情理之中，至于阿毛怎么会想到用猴来招徕生意的，还得从一件事说起。

那天，阿毛正在店里等客人，一个耍猴的走进来想讨些吃的。听耍猴人说，他是听到这里游客多，就想来凑凑热闹赚点钱，没想到游客只看风光，没人在意猴子表演，半天下来是一个铜板也没有进账，可巧身上又没有钱，所以想讨点吃的。老实的阿毛看到耍猴人此时的窘迫，想自己的处境也差不多，于是就特地为他炒了两个菜，还拿了一瓶黄酒。在耍猴人吃饭时，那猴子为他倒酒端碗，这让他感到很新鲜，于是动起了猴子的脑筋，两人一拍即合，于是辟出了一个包厢，用上这特殊的服务员。

当然生意这么红火还有另一个原因，那就是阿毛接待过一个摄影记者，记者在大报上把此事给报道了出来，于是像是做了个免费广告一样，知道此事的游客来这里后，自然而然地就到阿毛饭店吃饭了。

神 鸟

泾湖内有个天然的独水墩，不足百米的地方，对一个靠种田而生的小乡村来说，实在是派不上什么大用场。祖辈流传下来说，湖中的小岛风水好，虽不适合种庄稼，可很适合用来当坟地，于是，它就成了许家的一块坟地。

坟地不是什么好玩的地方，除了许家偶尔去祭祭祖，除除坟头草外，小岛少有人到，于是就荒凉起来，在高大的树木下，长着比人还高的茅草，远远看着就给人一种不舒服的感觉。更让人听了心惊的是，许家的后人，许忠在清明上坟时，亲眼看到了一条老长老长的花蛇，盘在自家祖辈的坟头上晒太阳。

以前是怕阴魂，现在还有大蛇，大伙自然对小岛是敬而远之了，不但是整村的人不敢上小岛，就连许忠，自看到大蛇后，也不敢再去上坟，逢年过节时，把那些冥钞烧在了家里，说让死去的灵魂自个儿来拿。

也不知从何时开始，一群大鸟来到了泾湖边，选中了小岛作为落脚点。开始时也没人注意，只当它们是来这里歇歇脚的，没想到它们一待下来后就没有要走的迹象。

那天，许忠的儿子许宏正在水边玩，无意间看到自己的头顶盘旋着许多灰黑色的大鸟。许宏看呆了，成一字形、人形的大雁见到过，那只是在高空飞过而已，不像现在所看到的，这么多的大鸟就在自己的头顶上空盘旋，这样的情景还是第一次看到。就这样，许宏一直在水边傻傻地看着那些大鸟飞翔，终于飞累的鸟们落到了不远处的小岛上，在那些高大的刺槐树与柏树上歇了脚。

看到大鸟停在树上不动后，许宏忙跑回家告诉父亲，说自家祖坟上有很多大鸟，还用双手比画着鸟的大小。

听到儿子这么一说，许忠来了兴致，忙带着儿子一起来到湖边细看，当真看到小岛上的树枝间歇着不少的大鸟。回到家后，忙叫爱人多炒了几个菜，让许宏去把吴猎人请来一起喝酒。

酒过三巡后，许忠把自己的想法说了出来，说自己在集市上看到过，像这样的大鸟一只要卖到三十元，估计那个小岛上的大鸟要有几百只之多，要是能把它们一网打尽的话，可以发一笔小财了。吴猎人听后是不住地点头，两人一边喝酒，一边算计着如何可以逮住这些大鸟，许宏在边上静静地听着。

有了主意后的许忠心里是特别的高兴，酒也多喝了几杯，许宏乘着吴猎人酒兴正浓，把他的猎枪给借走了，说要去打麻雀。

半夜时分，许忠与吴猎人把船摇到小岛边，蹑手蹑脚地把一张大得能罩住整个小岛的网张起来时，突然听到了一阵尖尖的怪叫声，那些鸟随之变得无影无踪。许忠猛得一惊，跳将起来，这才发现自己原来是在做噩梦。随后却听到一阵阵哼哼声，此时才发现，儿子许宏真的在那儿哼哼着。

许忠忙推醒儿子，一问才知，儿子拿了吴猎人的枪去打过大鸟，刚才自己正梦见那些大鸟来找他算账，说要拉他去见他的爷爷。许宏的爷爷过世十多年了，这不是见鬼了。

许忠急忙起身，来到湖边，借着淡淡的月光，许忠看到岛上白光隐隐，心里是一阵阵地发毛，也是一阵阵地后怕，幸好吴猎人今晚喝醉了，不然自己将闯大祸了。带着侥幸的心情，许忠跪了下来，向着小岛虔诚地磕了三个响头，心里又默念起只有自己才明白的话语，以后才放心地回了家。到家后，急忙就先看起了儿子，发现许宏此时已进入了甜甜的梦乡。

第二天，村人都知道了那岛上待着的是神鸟，谁也不敢再打它们的主意。从此后，许宏多了一个爱好，会一个人待在湖边，看那些大鸟在自己的上空自由飞翔，而关于神鸟的神秘，也只有天知地知他知了。

古井

湖泾村中的那口古井已有相当的历史了，三米见方的直径和两个石井栏的结构，这样独特造型已是常人无法想象的，还有石井栏上的一道道寸许深比手指还宽的印痕，这一切都证明着它的历史。

井生打小就听爷爷讲过古井的故事，此井是个龙潭，它深通大海，井水是永远也吊不完、抽不干的。这事井生也相信，因为他曾试着用潜泵抽过井水，但最终没能使井见底。

产生这一主意倒不是他不相信爷爷和祖先的话，只因为在那非常年月中，村上不少人家为了避免金银饰品带来不必要的麻烦，于是大伙背着别人把这些值钱的东西都投向了古井。井生想发笔意外之财，但终因没见底而使他白白浪费了人力和财力，还被村人笑话了一阵子。

说实在的，井生与古井确有不解之缘，井生的母亲正骄傲地挺着大肚子向村人证明自己能力的时候，日军进入了湖泾村。村人到处躲藏，井生的母亲大腹便便，行动不便，井生的父亲一看情况不妙，忙把家中的两扇大门放到了井中，把他母亲用绳子也放了下去。这确是一个好方法，在两个井栏的中间部位，她母亲逃过了一劫，并在井中生下了他，井生也就成了他的名字。

古井是湖泾村的一口福井，这在每一个湖泾村人的心中都默记着。清甜的井水不仅使全村人逃避了一场因洪水而引发的瘟疫，也给遭受化工废水污染的村人提供了水源。

可有一日，镇上的水厂把自来水管接到了湖泾村，从此，村人们只需拧一下水龙头就能吃上经过消毒的自来水，古井也慢慢地被冷落了。

井生家没接自来水，他依然用清纯的古井水做饭、洗菜、洗衣服。这样的日子过去了一段时间，可随着村村通公路的口号提出后，湖泾村也开始着手这一计划，古井随即成了筑路的障碍，为了能顺利地筑起公路，村里决定填井筑路。

井生看到公示后才知道要填井的，他为此特地到村办公室去吵过，领导以为井生怕井填后没水喝才来吵的，免费把自来水管接到井生的家中，筑路计划照常进行。

就在填井的前一天，井生的媳妇到井上去吊水，突然发现井中有个尸体，仔细一看却是井生。井生的生命诞生于古井，又在古井中终结，清醇的古井水及他想得到却没有得到的财宝与他的灵魂一起共存。

筑路按计划完成，但古井没被填平，而是留在了村道的中间。

几年后，一个老者来湖泾村垂钓，无意间看到了那口被荒废的古井，他像见到宝似的待了很久，随后又有人来看过，古井被确认为是二级文物被围起来加以保护。

很快，湖泾村中流传出井生是龙王后代的传闻。

水烟壶

春花家有一只精巧的水烟壶，这壶是春花她爷在世时的随身物品，也是他最心爱之物。闲来无事时，她爷就坐在竹椅上，手捧着烟壶，悠悠自得地用嘴吹着纸擦板，然后，尽情地吸上一口烟，再发出舒心的叹气声。此时的水烟壶就发出一长串“啯罗罗”的优美音符，这声音伴随着春花长大。爷爷过了世，这壶也就成了春花她爹的随身宝贝，再后来成了她丈夫的随身之物。

春花的父亲只生了她这一个女儿，为了能使这个家沿续下去，春花父亲只得为她招了女婿。刚过门时，女婿还算勤快，可慢慢地露出了本性，那就是吃喝嫖赌样样精通，在那个非常年代，他凭着自己的特长当上了造反头子。在一次运动中，还把自己的丈人，春花她爹给活活地治死了。

虽说没让他去抵命、吃官司，但人们对他已是另眼相待，连自己丈人都能整死了，那还有什么事干不出来呢，于是大伙都远而避之，从此春花家成了一块禁地，没人再敢上门来。

春花从苦难中解脱出来是在改革开放后，那年，她那无所不能的丈夫在骑车出门时，被汽车给撞死了，正应了那句老话，“善有善报，恶有恶报，不是不报，只是时辰未到。”从此，春花成了寡妇，生活上是苦了点，但身心上却得到了解放。

在农村，一个女人承包五亩多地，外带两个正在读书的孩子，春花忙完田里再忙家里，这样的生活也是较苦的。

村上的人也是有同情心的，以前之所以不与她家往来，是因为有她丈夫这一垛墙，现在已没了隔阂，她家熟透的稻谷，有人帮着割了，她孩子的上学费有人替着代交了。

春花是个有心人，这样的事情发生得多了也就留意起来，发现村上的冬生是这一系列事情的制造者。春花为此上冬生家当面谢过，以后冬生的这一行为也慢慢地从地下走到了明里，只是冬生是个老光棍，有些事情不公开要比公开的好，冬生做起活来总感到背后像是有人偷看的感觉。

在这方面，春花也有同样的感觉，冬生的帮助似雪中送炭，春花开始给冬生送起了香烟，可冬生却是个不吸烟的主，于是春花劝他学着抽一点，再后来，春花把祖传的水烟壶送给了冬生。

冬生最终没学会吸烟，可当冬生把水烟壶挂在腰间走在村人面前时，大伙都明白了其中的含义。

张三的烦恼

过完新春佳节，张三这个单位里公认的老实人，连续多年的先进工作者，大伙心目中的榜样，突然像是变了一个人似的，特别是到了发工资的那几天，做起事来一副心不在焉的样子。

更要命的是，做着做着，张三会突然停下来，也不顾大伙诧异的目光，一溜烟地跑到财务室那边去。看到他神经兮兮的模样，大伙笑他是不是进入了更年期，或者是跟女人一样，每月总有那么几天的异常反应。听到大伙笑他，张三也跟着苦笑，让人摸不透。

财务王会计看到张三的身影老在自己窗口徘徊，心想张三这人向来老实内向，会不会有事不敢当面说。于是把张三叫进了门，问有什么事需要帮助，张三犹豫了好一阵子后才说，想看看这个月的工资开了没有。

从不关心工资待遇的张三居然会问这个事，王会计感到有点突然，忙如实相告，按理说是要开工资了，可这个月的情况有点特殊，可能要晚几天了。王会计这么随口一说，不想张三听后就唠叨起来，"你个会计是怎么当的，工资怎么能拖欠？我努力做事就是为了赚工钱，今天你必须付我工资，不然我到老总那里去告你！"看到老实人发脾气，王会计很吃惊，看来张三是领不到工资决不罢休了，只得自己先掏腰包垫付了，这才把张三打发掉。

随后的两个月，只要看到张三的身影出现在自己的窗口，王会计就知道开工资的时间快到了，尽量把其他的事情放一放，先把工资算出来，确保能准时发工资，避免招来不必要的麻烦。

与王会计一样，张三的父亲老张也受着他的累赘。到了这几天，张三会特地回到老房子里看父母。常回家看看本是件好事，可张三看望父母是有目的的，见到老父亲后就缠着他讨要当月的退休工资。

虽说老父亲曾经表过态，自己的钱早晚是他的，也知道儿子从来不乱花钱，可面对这样的讨要，父亲还是感到头疼，再看儿子拿不到钱一百个一千个不顺心的样子，父亲只能把领好的退休工资交到儿子的手上，算是有个交待吧。

这个月，看到张三又在自己窗口徘徊，王会计来了个先发制人，推门出去，“张三，你不要再晃来晃去了，这个月的工资肯定要晚发几天了，老总都出门去讨欠款了，我身边的周转金也用完了，现在一分钱也拿不出来了。”

“什么，什么，那怎么行。”“什么行不行，没钱我也想不出什么方法来，总不能让我去抢银行吧。”“我也没让你去抢银行，可你总得帮我想想办法才行啊！要是拿不到工资，银行会拿我开涮的。”“张三，你也太夸张了，我不发工资关银行屁事?”王会计不解道，

“王会计，实话告诉你吧，过年时我脑子一发热就贷款买了房，现在虽说住得是舒服了，可原本靠着工资过日子就紧巴巴了，现在又多了还贷这档子事，我是整天担心你这边不能准时发工资，又怕老父那里的退休金派了别的用场，你说揪心不揪心，这房子的事真的太折磨人了！”

傻子与狗

穿着用塑料包装袋缝制而成的衣服，顶着一头鸟巢般的乱发，络腮胡子上总是粘着白色吐沫，傻子就这样整天乐呵呵地街上溜达。也曾有人看不惯，试着给他一套新衣服，然而傻子就是不领情，把新衣掷进了垃圾箱，知道他的德性后没人再去理会他。

街尽头有幢豪华别墅，傻子喜欢在那儿转悠，时不时地靠近栏杆向里张望，惹得里面的花狗狂吠不已。

突然有一天，别墅边传来狗的惨叫声，大伙奔过去一看，傻子正踩着狗用手比划着，从狗肚上鼓胀的奶头证明它刚当上母亲。再细看，傻子手上有把不知从哪里得来的手术刀，边划着狗肚边唠叨着，我让你生！我让你生！

嘈杂的声音引来了别墅的女主人，一看到傻子在给心爱的花狗开膛破肚，急得是双脚跳，想上前去抢又不敢，只能可怜巴巴地求围观的帮忙救爱犬。

这时人群中挤进一个老头，看到傻子在折腾母狗，忙奔上前去，俯身从傻子手上夺过花狗。手中的狗被抢走，傻子正要发飙，可抬头看到老头后，吓得丢下刀就逃，围观的人家连忙让出一条通道，目送着傻子远去。

老头取出手帕，轻轻抚去狗肚上的鲜血，一条笔直的刀口展示在他的眼前。看到刀口，老头惋惜地摇了摇头，这么多年了，手法还是那么利索，唉！要是不疯就好了。在大伙的追问下，老人说起了好多年前的一件事来。

那时自己还在医院当院长，傻子是外科医生，是医院的一块招牌。好多女孩都想跟傻子交朋友，可他只钟爱院里的一名护士，两人感情是如胶似漆，每天除了上班几乎都厮守在一起，就在大家认为有情人终成眷属时，女孩却绝情抛弃了他，嫁给了一个很有钱的包工头。

有天深夜，医院送来一个得急性阑尾炎的病人，经过确诊后必须立即动手术。这种手术对他来说算是小儿科，用不了多时就能搞定，可那晚的手术却做了很长时间才成功，病人住了一个星期的院后康复出了院。

这事过去了好多年，有天，一个打扮入时的女人找上了门，看到正在给人看病的傻子后，像是见到仇人般冲上去又抓又打，一副拼命的样子。身边的同事和病人忙把两人给分开了，纷纷指责女人的不是，然而女人的一番话让在场人都惊呆了。傻子更是脸色大变，背上一阵阵地冒冷汗，像做偷般飞快地逃出了医院，家也不敢回，直接躲到了乡下的亲戚处，再也不敢出来了。当亲戚带回女人自杀的消息后，傻子大叫一声后就疯了。

那年，女人得阑尾炎送进医院时，傻子一眼就认出，眼前的病人正是那个绝情女人。傻子轻轻抚摸着麻醉中的女人，白皙细嫩勾起了傻子回忆，在医院，在公园，在家里，无处不留下自己与她的甜美故事……突然傻子的脑海中跳出女人临上轿前带给他的话，只要能生个儿子，千万家产都是她的。想到这句绝情话，傻子脑子里糊涂起来，凭着感觉做完手术，还是感觉到少了什么，随后支走了身边的助手，利索地完成了自己想做的事情，这才舒心地出了手术室。

随后的几年里，女人一直盼着能生儿育女好接管家产，可不争气的肚子就是不见大起来。开始时男人也不急，总以为是水到渠成的事情，可一直不见喜，男人带着她去看妇科。这一看就看出了问题，女人做过绝育手术，而且是很彻底的那种，今生今世怕是再也不能做母亲了。男人听后大失所望，立马提出了离婚，急急忙忙地找起了别的女人。

女人没料到是这样的结局，想起自己就动过一次手术，让自己绝后的事一定是傻子做的，于是找上门要拼命。发泄过后，女人的心也凉透了，没几天就服药自杀了。

傻子常常转悠的那幢别墅正是女人生前住过的地方，一定是下崽的母狗刺激了他，这才做出如此的举动来。

第五辑

今天你将交好运

治病奇方 / 我有病 / 口风

自杀风波 / 梦 / 实事工程 / 斗富

适应环境 / 廉政帐号

迎检台帐 / 弯曲的力量 / 眼镜有后台

今天你将交好运 / 免费茶馆 / 八哥的语言

闯红灯后 / 最佳出气筒

……

治病奇方

长兄如父，很小时龙生就与守寡的母亲丽娟做对档，供弟弟虎林读书。大学毕业后，虎林凭着自己的能力，走上了领导岗位。

本是苦尽甘来，可丽娟却一副忧心忡忡的样子。龙生看在眼里急在心里，忙把虎林给请了回来。两人带母亲到医院做了个全身检查，结果却是一切正常。

虎林说，我看妈是有心病，不会是跟你媳妇在怄气，要不让我带妈到城里住几天。你比我有文化，听你的。虎林把想法跟母亲一说，丽娟把头摇得像个拨浪鼓，进城看你做的那些事，我会折寿的。

一听这话，虎林突然明白过来，忙说，妈，您等着，我去抓一方药，保您药到病除。

半天不到，虎林就赶了回来，从包里拿出一份文件交到母亲的手中。丽娟不识字就让龙生念：春节期间，虎林同志代表党委政府，收到全镇各单位、个人爱心募捐十余万元，现通报如下……

过年时，丽娟住在虎林家，看到一拨又一拨人来家拜年，儿子总是笑着照单全收，把过惯清贫日子的丽娟给吓着了。听到龙生这么一读，心里的石头立马落了地，久违的笑容又在脸上绽放了。

我有病

也不知怎么的，这些日子来，早晨起床第一件事，总是先感觉一下自己是不是还在这个世界上。当经过一番自我折磨感觉到疼痛后，这才梳洗打扮，随后就上街去吃早饭。

早点摊上是什么都有，可不知为什么，我一看到油条就联想起了洗衣粉，看着包子就想到了硫磺，还是吃碗粥吧，可看着碗里那米粒又让我想到石蜡什么的……不知所措时，我突然想起在哪本书或杂志上看到来的，适度的饥饿对健康是有益的，于是干脆就饿一个早晨吧。

肚子一次次唱响进军号，一个上午在极度的盼望中过去了，我是第一个冲进单位食堂的。盒饭已打好了放在桌上，进门时我就关照自己要为肚皮着想，不能胡思乱想。

可一看到那白色的泡沫盒，心头就紧了一下，脑子里已浮现出那些废品站、垃圾船上回收的塑料泡沫来。打开盒子，第一眼就看到了红烧鸡块，不知鸡是吃什么长大的，那酱油会不会是用头发做的，那油该不是阴沟油提炼的，还有那盐会不会是走私的。还有那边上的鱼是不是污染过的，会不会有浓重的柴油味……

很好的食欲在这时已消失得无影无踪，看着同事们狼吞虎咽的样子，心里想着会不会有集体中毒的事情发生。正当我无可奈何地准备站起来走时，服务员对着原封不动的盒饭，问了句，有病啊！我一愣，随后就点了点头，看来是病了。

口风

“王兄，我是张凡，今晚我们得意楼聚一下。”“昨天不是才聚过，怎么又要聚了，你小子不会是彩票中大奖了?”“是，是中奖了，但不是彩票。”“那是什么好事，说来听听?”“局上不是要成立投资公司，听党政办朋友内部透露，领导已把总经理的位子给了我，他正在起草任命文件呢。”“这等好事是得庆祝庆祝。”

“李老弟，我是张哥，我要升官了，今晚到得意楼，我作东。”“张哥升了官，我自然到场祝贺。”

张凡一个接一个电话，把要好的哥们一个个都请到了。正所谓“人逢喜事精神爽”，“酒逢知己千杯少”。面对着哥们敬酒祝贺，张凡是来者不拒，直喝得不知东南西北，这才被大伙送回了家。

第二天，任命文件发下来，张凡迫不及待地看了起来，可从头看到底，又从底看到头，“投资公司”四个字是找到了，但总经理的名字却不是他。

张凡立马打电话到党政办，问是不是文件搞错了，不想对方听后就骂，“张凡，你懂不懂规矩，八字少一撇的事情你也敢到处去张扬，还提前摆酒庆贺！昨晚领导知道后，半夜打我电话，说你不够成熟给换了，还把我也骂了一通，气死我了。”听完这番话，张凡冒出了一身冷汗。

自杀风波

这些日子来，我一直觉得不对劲，先是感觉领导对我漠不关心，而后是同事对我另眼看待，而且到家后老婆又是不冷不热的，活在这世上还有什么意思，于是偷偷地买了一瓶剧毒农药，写下一张遗书，当即把农药喝了个瓶底朝天，躺着等死。

当知觉回到我身边时，我才知道自己已在医院里了，病床前围了许多人，单位领导、同事都来了，老婆也在边上哭哭啼啼。领导看到我醒了，激动地说：“老王，你终于醒了，我向你检讨，你是个好同志，多怪我平日里对你的关心不够。”同事也说：“不是我们要疏远你，只是你太钻研工作了，我们缺少了交流。”听他们这么一说，我心里好受多了。

我把眼光转向老婆，老婆忙表白道：“老头子，你太不相信我了，要不是那瓶假药，我可是说不清了。”嘿，原来是假药，无怪乎一瓶还没要我的命。看着他们真诚的目光，我感动极了，下决心今后一定好好生活。

领导让我好好养病，于是我每天喝着营养品，大口大口吃着老婆做的可口小菜。慢慢地我却感到自己的身体大不如前，最后居然无缘无故地昏过去。等老婆呼天喊地叫人把我送到医院时，我已快不行了。

在我弥留之际，我清楚地听到医院在说，病人这是典型的食物中毒。迷迷糊糊中，我只记得这些天来只喝了营养品，吃了老婆做的菜……

梦

李局长这些天来一直做同一个梦，可是醒来后就忘了，为了想知道是什么样的梦，这天特地早早地上床，只等着梦的来临。

迷迷糊糊中，只听得有个声音在说："我好长时间没有享受到美味了，这都怪你们，是你们不检点才造成了这样的局面。"细看才知道是自己的嘴不知何时已坐到了桌子边。

不一会，眼也独自坐在了边上，说道："你还好说我们，你光顾着美味，也不看看场合，乘着不用自己掏腰包，就上山珍海味。""那不是让你也饱饱眼福嘛。"耳随声附和着，"也是，也是，不过四周的舆论是得听听的。""好了，你眼也不是什么好东西，不把正事放在眼里，却常盯着美女看，你说我会不动心；你耳还常上歌厅去享受呢，手脚不干净也是重要原因。"心激烈地跳动着说。

"你就会说三道四的，我拿别人的东西还不是受大脑的指挥的，我要那些东西有什么用，还不是给你们去受用，真是冤死了。"手轻敲着桌子发了急。脚也说，"我也是什么也没得到，叫我往东就往东，往西就往西，好可怜的。"

大脑一听都是针对它，马上用领导的口气说道："到这个时候了，你们还推三倒四的，你们都没责任，难道就是我的错了。你们也不想想，上酒楼歌厅，吃喝唱看艳舞玩女人，哪样没你们的份，收受贿赂赌钱少过你们吗？今儿个里倒好，把个责任推得一干二净的，今天的会议是总结经验教训的，又不是批斗会。"说罢一晃就没了影，脚也跟着一收。

"老东西，三更半夜地钩我干什么！"李局长被惊醒过来，吓出了一身冷汗。

实事工程

随着外来打工者的涌入，城市人口飞速增长，A 市的供水就感到了吃紧。市政府紧急研究决定，把扩建水厂列为市政府实事工程，具体由自来水公司负责。

扩建水厂须得更新水管，正当公司做着紧张准备时，城市中心街道却已开始了大规模的施工，道中央被挖开了一条很深的沟。经过打听才知，那是电信部门在实施电缆入地工程。

工程部经理忙请示领导，向能不能跟电信去协调一下，两家一起施工，这样既能省工又能省料，还能缩短工期。

领导听后骂道，你脑子进水了，我们是市政府实事工程，他们只是商业行为，怎么能相提并论。你在边上看好了，等他们一完工，我们的工程队立即开工，开工后给我二十四小时连续干。到时我来联系电视台报社，让他们及时报道，我们要让老百姓实实在在地看到、体会到政府实事工程与普通施工的本质差别，明白了吗?

工程部经理听后，似懂非懂地点了点头。

斗富

黑夜里，三个局长躺在一起，不知哪位先谈起了自个儿大把大把花钱的事来，三个人就睡不着了，分别用亲身经历来显示自己是如何的潇洒。

甲局长说道：“别看我在单位里是个说一不二的主，可到家后只能算是二把手，我那宝贝孙子才是真皇帝。现在的玩具那么多，这小子啥都看不上眼，偏偏喜欢用钞票当积木搭，这不，我特地取了二十万给他玩，不想有天被小偷给偷走了。我二话没说，第二天又取了二十万让他玩，谁让他是我孙子呢。”

乙局长：“这有什么，不就是那么一点小钱，你看我，闲着时就喜欢玩玩小麻将，输赢也不过在一二百万之间，最刺激的莫过于到澳门去赌了，一个晚上输掉了近二千万，可我连眼睛都没眨一下。”

丙局长：“有钱就风流，现在社会上不是禁止包二奶吗？屁，我才不信，我一下子包了三个十八岁的小姐，给她们每人一幢别墅，每天我都是抓着阄才定去哪个二奶处的，嘿嘿嘿！那才叫刺激呢。”

“熄灯后不许说话！”狱警大声喊道。

适应环境

王局长在大小会议上经常强调，不但自己要带头加强学习，做清正廉洁的好干部，也要求手下人时刻保持全心全意为人民服务的优良传统。为了把行动落到实处，局里做了不少的动作，也得到了市委的多次表扬。

这天，全局的人惊奇地发现，一向很少与属下联系的局长大人，突然打起了电话，而且还是用手机打的，一听那手机铃声居然是刺耳的警笛声，这让第一次接电话的人着实吓得不轻，以为自己什么地方出了差错，招来警方的注意。

后来才知道，这是局长抓清廉工作的一个重要举措。局长不但把自己的彩铃换成了警笛声，就是接电话时的铃声也改成了那声音，说这样才能时时刻刻告诫自己，做个好官。

偏偏有人不信邪，写了封举报信送到了市纪检委，这一查还真吓人一大跳，把清廉挂在口上的局长是个大贪官。

当警察问到为什么用警笛声当铃声时，他道出了原委，说自己一听到警笛声就心虚，所以想用彩铃来练练胆，适应适应环境，也好做到处事不惊。现在效果是有了，可人却进来了。

廉政账号

这天，李书记刚进办公室，秘书就送上来一封信，看到信的落款是市廉政办公室，心头一颤，待秘书出去后忙将门关上，拆开信一看，上面写道：

李书记，根据我们掌握情况，你在工作期间曾利用手中的权利，收受过他人的钱财，这是党纪国法所不允许的。现根据上级有关精神，以教育挽救为目的，特向你公布市廉政办设立的廉政账号，限你在三天之内将不明财产上交，市廉政办将免于你的刑事及行政处罚。账号为：009900951888。

看着看着，额头上的汗就出来了，他不明白是什么地方露了馅，看来只得舍财保命了。于是李书记忙回到家，翻箱倒柜把藏在只有自己才知道的地方的钱物翻出来，一点还真不少，光现金就有一百多万，还有别的贵重物品，因为物品不能存入账号，于是心抱侥幸将物品放回原处。戴上一副墨镜揣着现金去了银行，办完手续心头为之一轻。

第二天，浑身轻松的他来到办公室，看到桌上有封信，是公安局的一份通告：我局近日侦破一起特大诈骗案，该案主犯以廉政账号为诱饵，以信件的形式，发给各地党政机关主要领导，且频频得手，涉案金额逾千万元，因种种原因，至今没人报案。目前仍有不明真相者受骗上当，为此发此通告，该诈骗团伙所设的账号是009900951888。

看到这，李书记傻了眼。突然，他心急如焚地跑下楼，心里只想着把钱取回来。当他再次出现在银行时，接待他的却是市纪委的领导。

迎检台账

每年过了十一月后，我们条线上就会进行年度考核。为此，一过国庆长假，我特地花了两个星期的时间，把一年来所有的资料都整理好，并按着上级要求进行了分类，还打印了目录，装进预先备好的文件夹里，只等上级前来检查。

正当此时，负责卫生工作的同事来到我的办公室，说卫生系统要进行年终考核，借我的台账用一下。我们是两条线的，能行吗？同事说没问题的，只要把文件夹上的标题改改就行。

也别说，中午时，同事让我一起陪他们的领导用餐，卫生局的领导一个劲地夸同事，说台账做得好，不但资料齐全，分类也很细，值得全系统学习。

以后的几天里，环保、科技、妇联等同事都来向我借台账，也只做了一点小小的处理就通过了考核，得到了领导的很高评价。

终于到了我的条线领导来进行年终考核，也不知为什么，当我把这套我认为十分满意的台账放到上级领导面前时，领导的眉头就紧了，只粗粗地翻了几翻就停了手，还把我的分管领导叫到了身边，轻声说了几句，随后分管领导把我叫出了门，也不等门关上就厉声地对我说，你是怎样做事的，自己不好好做台账，拿别人的东西来骗领导，这次考核不合格的话，我要你好看！

我一听心里也毛了，忙向领导解释，这些台账我花了半月才搞好的，应该不会有事的，再说其他条线借去都通过了考核，我自己线上的应该不会有问题的。

一说到其他条线，我当即明白过来，忙推门进去，拿出台帐一看就傻了眼，只见台账的标题上还贴着“妇联”的字样，这下真的玩完了。

弯曲的力量

发现是个过程。我们这帮兄弟是从最底层一步步走来，练就了坚强的本性和刚正不阿的品质。每当我们挺直腰板，就会给人一种安全感，看到兄弟们一个个被请去，在重大项目、重点工程中担当重要角色，我在为他们感到骄傲的同时也生出无比的羡慕。

无论从什么地方看，我都是一流的，可在与弟兄们接受检验时，却被挑选了出来，与为数不多的兄弟一起被搁置了起来，从此少人关心。负责检验的人说过，我们将会被派到更加重要的位置上。

等待也是个过程。忽然有一天，我被请了出去，经过一番考验后，我的体型发生了根本变化，随后被送进了一个窄小的圆型空间，脾气也被完全改变，在我受压后释放自我的瞬间，会激发强烈的爆炸，从而送出足以致命的东西。

拥有我的主人叫作枪，而我就是担当重要角色的那根弹簧。

眼镜有后台

眼镜是个老机关，做事勤勤恳恳，口碑极好。这次市里搞了个基石工程，眼镜作为下派干部坐镇村里协助村书记开展工作。

第一天上班，人才坐定，就来了个后面看是女人，前面瞧是爷们的小青年，进门就嚷着找书记。村书记一听声音，脸露难色地告诉眼镜，此人是从山上下来的，这些日子经常来推销茶叶什么的，不要还不行，弄得村里的茶叶可以当饭吃了。眼镜说我就不信这个邪，你叫他来找我。

书记出去跟小青年说，现在所有的事情都得通过眼镜，因为他是上级派下来的。小青年说我不管是谁，只要把茶叶卖掉就行。才与眼镜一照面儿，眼镜就说，村里茶叶多的是，我们不需要。小青年头一次被人打回票，以为眼镜不知道他的身份，大着声说，老子可是从山上下来的，不要不识相。

眼镜不慌不忙地说，我不管你是山上山下的，有我在这里，一两半两都不要。小青年盯着铁着脸的眼镜看了好一会，知道没戏。临出门时小声嘀咕着，这人一定有后台，不然不会这么硬。

眼镜听后坦荡地说：我是有后台，我的后台就是党性。

今天你将交好运

在城市主街道的拐角处，不知几时多了一个摊头。说是摊头可就一张小凳子，外加一个上了年纪的老头，老头手里拿着一只方盒子，里面装满了小纸条。盒子上写着试试你的运气，好运付五元，恶运赔五十。

老头不是随便让人摸纸条，凡是他让摸的都能交好运。为此，来试运气的人还真不少。

有个恶少看到后很是佩服，一心想拜老头为师，可老头只是对他笑笑，就是不愿收他做徒弟。

几次下来，恶少一狠心，找了几个道上朋友，天天到老头的摊子上去找岔子，弄得老头生意也做不成。无奈之际，老头只得答应收恶少做徒弟，但必须一次性支付一万元的学费。

恶少想，一万元就一万元，只要能学到绝活，还怕赚不回来，当天就凑齐了一万元送到了老头的面前。老头点好钱后，把他叫到跟前，伏在他的肩上轻轻地耳语一番，恶少听后是不住地点头，最后大笑起来。老头还说，一个城市里不能同时有两家，我把摊头也让给你，不过你得好自为之。

开始几天，恶少还能依着老头所言，挑选人进行摸纸条，后来就耐不住了，是来者不拒。这样一来，就有人怀疑起来，于是，把盒子里的纸条统统倒出来一看，只见上面都写着“今天你将交好运。”

免费茶馆

临湖公园是开放式的，其中有个地方很吸引人，那就是品茗茶馆，全天候免费供应由本地名茶泡制的茶水。据茶馆负责人说，之所以免费，目的就是推介本地茶叶，打响品牌。

那天，我慕名来到茶馆，才坐下，就有穿着水乡特色服装的服务员送上一壶茶来。一边喝着清纯的茶水，一边看那湖光水色，倒是真的惬意。虽说是免费的，但服务却十分周到，时不时就来续水，让你感到很是温馨。

喝多了茶水，自然就得解决掉，问服务员洗手间在哪。服务员告知，茶馆在湖边，有关单位不让建洗手间，只有公园的角上有个厕所，于是直奔厕所而去。

当我像运动员一样想冲入厕所里，被一老头给拦了下来，老头说上一趟厕所五元钱。我以为是听错了，因为在我的脑海里，收费厕所一般都在一二毛之间的。再问，老头指着墙上的一张纸说，你是识字人，你自己看，收五块还是便宜你了，因为情况紧急，只得付了五块钱进去把问题解决了。

轻松过后，我才有精神细看，那上面大体写的是：为了适应经济发展，厕所实行市场化运作……大小便最高限额为八元，如有违规现象，拨打投诉电话＊＊＊＊。

当时我怎么也想不通，后来在与一个朋友交谈时找到了答案，原来茶馆与厕所是捆绑招租的。

八哥的语言

年轻的八哥是鸟世界里公认的语言学专家，不论是谁，只要在他面前说上几句或唱上一段，他总能一字不漏地学出来。所以无论他飞到哪里，总能找到知己，成为别的鸟类的朋友，因为只要一接触，他们就会有共同的语言。

八哥一天天老去，他自己也说不清到底会多少种语言，结交过多少个朋友。他在语言上的杰出成就可以出许多本书，为此，儿孙们邀来了百鸟宾朋，为他开一个庆祝会。

八哥也是欣喜若狂，拿出自己的绝活，用各种语言与大家打招呼。这时，有只鸟朋友说：“八哥老师，经常听你说各种语言，还没听到过你自己的语言，相信你自己的语言一定更动听迷人，今天你就说上几句，让我们饱饱耳福。”儿孙们也在一旁连声说好，长这么大还没有听到过自己鸟类的语言。

老八哥于是就唱了一段，不想黄鹂站了出来说：“那是我们的语言。”老八哥脸一红，又说了几句，这回喜鹊说，只有我们才讲这样的话。老八哥说了好多种语言，可每回都是别的鸟儿的。

老八哥沉默了，他已想不起自己原本是那种语言了，最后，老八哥无奈地说：“快一辈子了，想不到说的都不是自己的语言，唉！”

一张假钞

早就听说市面上有用假钞骗人的事，原本想像我这样的人是不可能收到假钞的，可防不胜防，一不当心还是混进了一张。看到假钞不但自己心里烦，就连老婆也是天天唠叨，让想着办法去花掉。

首先自然想到路边的小店去试，可几次下来才知，由于骗子经常光顾，小店中都有了验钞机，也就没有拿出手。正巧单位里要搞募捐，本想就把它捐了，不想经办人说了，这次募捐每人在钞票上用铅笔写上名字，假钞又没了市场。最后还是老婆想出了一个办法，让我晚上去看场电影，回来时乘黑打的花了它。

出影院后，正好有辆的士停在那。按老婆关照，我在离家一百多米时叫了停车。毕竟是第一次用假钞，难免手有些发抖，好在那的哥并没看出来，找了我九十元钱后就把车开走了。我怕的哥发现会追上来，就像百米运动员一样一路飞奔着跑回了家。跟老婆一说，老婆自然高兴，当即赏了我一个吻，还说明天去买只鸡庆祝一下。

第二天，我到市场上挑了只农家散养的草鸡，掏出一张百元大钞让卖鸡的找零。不想那人一看钞票就说，老板，这鸡我不卖了，你还是到别处去买吧，说罢把钞票还给了我。我接过钞票后心头一惊，这不是那张假钞嘛。细细一回想才明白，昨天自己太紧张了，以至于掏错了口袋。

致富热线

阿强一连好多天徘徊在人才市场的招工简报栏前，希望能找到一份适合自己的工作，然而一切努力还是化为了零。

这天，阿强在看招工栏时，一张小小的贴纸引起了他的注意。只见那上面写着：致富热线 2894458，阿强随即按着号码打了过去。

“您好，这里是致富热线，服务内容请按‘1’，提供服务请按‘2’，返回请按‘#’”。

阿强想自己现在最需要是工作，就按了‘2’。

“您好，您选择的是提供服务，找工作请按‘1’，想快速致富请按‘2’，返回上层请按‘#’。”听到“找工作”，阿强精神为之一振，只是第一次听到快速致富的说法，于是好奇地按下了‘2’。

“您好，您选择了快速致富，年内想赚 10 万元请按‘1’，50 万元请按‘2’，100 万元请按‘3’，返回请按‘#’。”

阿强没想到会有这等好事，自然是想一下子成为百万富翁，毫不犹豫地按下了‘3’。随即耳边响起了一个粗重的男高音，“伙计，你也太贪心了，要有这样的好事，我早就自己去干了，还会守着这条破热线赚你几个钢镚的话费啊，真是的!!!”

阿强呆了一会，尴尬地摇了摇头，挂了线。

世纪名人作品大奖赛获奖名单

本次大赛由世纪文学研究会与神州文学开发协会主办，共收到名人作品近千件，经反复推敲和比较，下列名人及作品获奖。

一等奖：（二名）

贾宝玉《生活在女人堆里的男人》

唐　僧《一个被女人追爱的和尚》

二等奖：（五名）

白骨精《变化灵魂的女人》

武　松《叔嫂情未了》

燕　青《京城情梦》

孙悟空《我父如来，我母观音》

刘姥姥《误入宝玉房》

三等奖：（十名）

林黛玉《争爱》

宋　江《三个女爱卿》

西门庆《真爱无悔》

貂　婵《爱燃起熊熊战火》

王熙凤《少女弄权》

猪八戒《心中的爱火》

赵　云《为了投井的美女而战》

武大郎《美女心寒》

秦可卿《魂寄尼姑庵》

潘金莲《孤独的心》

鼓励奖：（一百名）名单略

主办单位将于近日内，在南天门为获奖名人颁奖，希接到通知后准时到会，另带会费一万元。

世纪文学研究会

神州文学开发协会

二〇一一年八月

闯红灯后

有天我开着车赶时间，在一个十字路口，一看三面都没有车子，于是就闯了红灯。正得意时，路那头出来一个交警，示意我停车。

当一个年轻交警走到我的车门前时，还没等他向我敬礼，我就打开车门，迅速地从口袋里拿出一包中华烟，硬塞进他的口袋。交警一愣，问：“你这是什么意思?”我忙说：“没意思，没意思，就是一点小意思。”“到底是什么意思?”“真的没意思。”“我问的是你的车?”“不好意思，我闯红灯了。”“知道就好，以后注意了。”随后交警把手一挥放行了。

有天同事坐我车，又是在那个路口闯了红灯，不巧的是又被交警拦了下来。我一看还是那个交警，等他向我敬礼后，我把头转向身边的同事，一脸赔罪的样子，张局，一会就走。随后忙下车对交警说，市委王书记找我们张局商量点事，走得急了没看清红绿灯。

小年轻愣了愣，低头看了看车里，随后说，既然这样，那就先走吧，下次注意点。我老实地点了点头，把车开走了，把个同事乐得直叫，我做局长了。

有天我开车又经过那个路口，一看绿灯在闪烁，忙一脚油门，在黄灯中冲过了路口。那头有交警在招手，你闯红灯了，罚款二百扣三分。我真没闯红灯，这我知道，我得完成上级的任务，这样吧，这次就只罚不扣分吧，就当是预付你下次闯红灯的。

最佳出气筒

我在一个经济效益很不错的单位工作，本来应该知足了，可美中不足的是，我们的老总脾气不太好，遇上一丁点小事就会把我们叫去骂一通。这样一来，他的心情不好，我们的心里也不舒服，为此我们在背地里都叫老总是“怪头”。曾想过离开这里，可一想到那份薪水，也就忍着。

这天“怪头”又一次莫名其妙地把我们骂了一通，回到办公室后，我正生着闷气，突然手机响了一下，我立马用桌上的电话打了起来，听到对方一个糯糯的女声后，我就一通烂骂，直到心里解气了才把电话给挂了。

同事看到我的这个情形，忙劝我，不能因为心情不好，破坏了家庭的和睦，我听后笑着说：“没事，我只是出出气罢了。”“你这个样子，回去不被嫂子骂才怪。”同事担心道。“怎么会呢，我又不是在骂她。”“那你刚才在与谁说话?”“这，我也不知道，你看我的手机就知道了。”同事接过手机一看，忍不住笑了，说你这办法好，以后我也这样做。

原来，我那夫人是个节约之人，平日里有事找我，手机只响一下就挂了，都是我回电的。今天手机一响，同事以为是我夫人，其实是条中大奖的广告，我就随着那个号码打过去乱骂了一通出了气。

从那以后，只要老总骂过我们后，单位里随处可以听到群骂声，弄到最后，老总也不骂我们了，一个人待在办公室里，对着电话骂。大家都夸我，找到了一个最佳的出气筒。